魯迅雜文精選7

魯迅

偽自由書

經典新版

魯迅——著

萬家墨面沒蒿萊，
敢有歌吟動地哀；
心事浩茫連廣宇，
於無聲處聽驚雷。

魯迅

偽自由書 目錄

偽自由書 目錄

出版小引

還原歷史的真貌——讓魯迅作品自己說話

陳曉林

中國自有新文學以來，魯迅當然是引起最多爭議和震撼的作家。但無論是擁護魯迅的人士，或是反對魯迅的人士，至少有一項顯而易見的事實，是受到雙方公認的：魯迅是現代中國最偉大的作家。

時至今日，以魯迅作品為研究題材的論文與專書，早已俯拾皆是，汗牛充棟。全世界以詮釋魯迅的某一作品而獲得博士學位者，也早已不下百餘位之多。而中國大陸靠「核對」或「注解」魯迅作品為生的學界人物，數目上更超過台灣以「研究」孫中山思想為生的人物數倍以上。但遺憾的是，台灣的讀者卻始終無緣全面性地、無偏見地看到魯迅作品的真貌。

事實上，魯迅自始至終是一個文學家、思想家、雜文家，而不是一個翻雲覆雨的政治人物。中國大陸將魯迅捧抬為「時代的舵手」、「青年的導師」，固然是以政治手段扭曲了魯迅作品的真正精神；台灣多年以來視魯迅為「洪水猛獸」、「離經叛道」，不讓魯迅作品堂堂正正出現在讀者眼前，也是割裂歷史真相的笨拙行徑。試想，談現代中國文學，談三十年代作品，而竟獨漏了魯迅這個人和他的著作，豈止是造成半世紀來文學史「斷層」的主因？在明眼人看來，這根本是一個對文學毫無常識的、天大的笑話！

正因為海峽兩岸基於各自的政治目的，對魯迅作品作了各種各樣的扭曲或割裂；而研究魯迅作品的文人學者又常基於個人一己的好惡，而誇張或抹煞魯迅作品的某些特色，以致魯迅竟成為近代中國文壇最離奇的「謎」，及最難解的「結」。

其實，若是擱置激情或偏見，平心細看魯迅的作品，任何人都不難發現：

一、魯迅是一個真誠的人道主義者，他的作品永遠在關懷和呵護受侮辱、受傷害的苦難大眾。

二、魯迅是一個文學才華遠遠超邁同時代水平的作家，就純文學領域而言，他的《吶喊》、《徬徨》、《野草》、《朝花夕拾》，迄今仍是現代中國最夠深度、結構也最為嚴謹的小說與散文；而他所首創的「魯迅體雜文」，冷風熱血，犀利真摯，抒情析理，兼而有之，亦迄今仍無人可以企及。

三、魯迅是最勇於面對時代黑暗與人性黑暗的作家，他對中國民族性的透視，以及對專制勢力的抨擊，沉痛真切，一針見血。

四、魯迅是涉及論戰與爭議最多的作家，他與胡適、徐志摩、梁實秋、陳西瀅等人的筆戰，迄今仍是現代文學史上一樁樁引人深思的公案。

五、魯迅是永不迴避的歷史見證者，他目擊身歷了清末亂局、辛亥革命、軍閥混戰、黃埔北伐，以及國共分裂、清黨悲劇、日本侵華等一連串中國近代史上掀天揭地的鉅變，秉筆直書，言其所信，孤懷獨往，昂然屹立，他自言「橫眉冷對千夫指，俯首甘為孺子牛」，可見他的堅毅與孤獨。

現在，到了還原歷史真貌的時候了。隨著海峽兩岸文化交流的展開，再沒有理由讓魯迅作品長期被掩埋在謊言或禁忌之中了。對魯迅這位現代中國最重要的作家而言，還原歷史真貌最簡單、也最有效的方法，就是讓他的作品自己說話。

不要以任何官方的說詞、拼湊的理論，或學者的「研究」來混淆了原本文氣磅礡、光焰萬丈的魯迅作品；而讓魯迅作品如實呈現在每一個人面前，是魯迅的權利，也是每位讀者的權利。

恩怨俱了，塵埃落定。畢竟，只有真正卓越的文學作品是指向永恆的。

前記

這一本小書裡的，是從本年一月底起至五月中旬為止的寄給《申報》[1]上的《自由談》的雜感。

我到上海以後，日報是看的，卻從來沒有投過稿，也沒有想到過，並且也沒有注意過日報的文藝欄，所以也不知道《申報》在什麼時候開始有了《自由談》，《自由談》裡是怎樣的文字。

大約是去年的年底罷，偶然遇見郁達夫[2]先生，他告訴我說，《自由談》的編輯新換了黎烈文[3]先生了，但他才從法國回來，人地生疏，怕一時集不起稿子，要我去投幾回稿，我就漫應之曰：那是可以的。

對於達夫先生的囑咐，我是常常「漫應之曰：那是可以的」的。直白的說罷，我一向很迴避創造社[4]裡的人物。這也不只因為歷來特別的攻擊我，甚而至於施行人身攻擊的緣故，大半倒在他們的一副「創造」臉。雖然他們之中，後來有的化為隱士，有的化為富翁，有的化為實踐的革命者，有的也化為奸細，而在「創造」這一面大纛之下的時候，卻總是神氣十足，好像連出汗打嚏，也全是「創造」似的。

我和達夫先生見面得最早，臉上也看不出那麼一種創造氣，所以相遇之際，就隨便談談；對於文學的意見，我們恐怕是不能一致的罷，然而所談的大抵是空話。但這樣的就熟識了，我有時要求他寫一篇文章，他一定如約寄來，則他希望我做一點東西，我當然應該漫應曰可以。但應而至於「漫」，我已經懶散得多了。

但從此我就看看《自由談》，不過仍然沒有投稿。不久，聽到了一個傳聞，說《自由談》的編輯者為了忙於事務，連他夫人的臨蓐也不暇照管，送在醫院裡，她獨自死掉了。

幾天之後，我偶然在《自由談》裡看見一篇文章[5]，其中說的是每日使嬰兒看看遺照，給他知道曾有這樣一個孕育了他的母親。我立刻省悟了這就是黎烈文先生的作品，拿起筆，想做一篇反對的文章，因為我向來的意見，是以為倘有慈母，或是幸福，然若生而失母，卻也並非完全的不幸，他也許倒成為更加勇猛，更無掛礙的男兒的。但是也沒有竟做，改為給《自由談》的投稿了，這就是這本書裡的第一篇《崇實》[6]；又因為我舊日的筆名有時不能通用，便改題了「何家干」，有時也用「干」或「丁萌」。

這些短評，有的由於個人的感觸，有的則出於時事的刺激，但意思都極平常，說話也往往很晦澀，我知道《自由談》並非同人雜誌，「自由」更當然不過是一句反話，我決不想在這上面去馳騁的。我之所以投稿，一是為了朋友的交情，一則在給寂寞者以吶喊，也還是由於自己的老脾氣。

然而我的壞處，是在論時事不留面子，砭錮弊常取類型，而後者尤與時宜不合。蓋寫類型者，於壞處，恰如病理學上的圖，假如是瘡疽，則這圖便是一切某瘡某疽的標本，或和某甲的瘡有些相像，或和某乙的疽有點相同。而見者不察，以為所畫的只是他某甲的瘡，無端侮辱，於是就必欲制你畫者的死命了。

例如我先前的論叭兒狗，原也泛無實指，都是自覺其有叭兒性的人們自來承認的。這要制死命的方法，是不論文章的是非，而先問作者是哪一個；也就是別的不管，只要向作者施行人身攻擊了。自然，其中也並不全是含憤的病人，有的倒是代打不平的俠客。總之，這種戰術，是陳源[7]教授的「魯迅即教育部僉事周樹人」開其端，事隔十年，大家早經忘卻了，這回是王平陵[8]先生告發於前，周木齋[9]先生揭露於後，都是做著關於作者本身的文章，或則牽連而至於左翼文學者。

此外為我所看見的還有好幾篇，也都附在我的本文之後，以見上海有些所謂文學家的筆戰，是怎樣的東西，和我的短評本身，有什麼關係。但另有幾篇，是因為我的感想由此而起，特地並存以便讀者的參考的。

我的投稿，平均每月八九篇，但到五月初，竟接連的不能發表了，我想，這是因為其時諱言時事，而我的文字卻常不免涉及時事的緣故。這禁止的是官方檢查員，還是報館總編輯呢，我不知道，也無須知道。現在便將那些都歸在這一本裡，其實是我所指摘，現在都已由事實來證明的了，我那時不過說得略早幾天而已。是為序。

一九三三年七月十九夜，於上海寓廬，魯迅記。

【注釋】

1 舊中國出版時間最久的日報。一八七二年四月三十日（清同治十一年三月二十三日）由英商在上海創辦，一九〇九年為買辦席裕福所收買，一九一二年轉讓給史量才，次年由史接辦。九一八事變、一二八事變以後，曾反映抗日要求。

2 郁達夫（一八九六—一九四五）浙江富陽人，作家。創造社主要成員之一。一九二八年曾與魯迅合編《奔流》月刊。著有短篇小說集《沉淪》、中篇小說《她是一個弱女子》、遊記散文集《屐痕處處》等。

3 黎烈文（一九〇四—一九七二）湖南湘潭人，翻譯家。一九三二年十二月起任《申報．自由談》編輯，一九三四年五月去職。

4 新文學運動中著名的文學團體，一九二〇年至一九二一年間成立，主要成員有郭沫若、郁達夫、成仿吾等。它初期的文學傾向是浪漫主義，帶有反帝、反封建的色彩。第一次國內革命戰爭期間，郭沫若、成仿吾等先後參加革命實際工作。一九二七年該社倡導無產階級革命文學運動，同時增加了馮乃超、彭康、李初梨等從國外回來的新成員。一九二八年，創造社和另一提倡無產階級文學的太陽社對魯迅的批評和魯迅對他們的反駁，形成了一次以革命文學問題為中心的論爭。一九二九年二月，該社被封閉。它曾先後編輯出版《創造》（季刊）、《創造周報》、《創造日》、《洪水》、《創造月刊》、《文化批判》等刊物，以及《創造叢書》。

5 指黎烈文的《寫給一個在另一世界的人》，是一篇緬懷亡妻的文章，載於一九三三年一月二十五日《自由談》，後收入他的散文集《崇高的母性》。

6 作者第一篇刊於《自由談》上的文章，是《「逃」的合理化》，收入本書時改題《逃的辯護》。

7 陳源（一八九六—一九七〇）字通伯，筆名西瀅，江蘇無錫人，現代評論派重要成員。曾任北京大學、武漢大學教授。「魯迅即教育部僉事周樹人」，是陳源在一九二六年一月三十日《晨報副刊》發表的《致志摩》中說的話。

8 王平陵（一八九八—一九六四）江蘇溧陽人，國民黨御用文人。這裡說的「告發」，見本書《不通兩種》附錄《「最通的」文藝》。

9 周木齋（一九一〇—一九四一）江蘇武進人，當時在上海從事編輯和寫作。這裡說的「揭露」，見本書《文人無文》附錄《第四種人》。

一九三三年

觀鬥[1]

我們中國人總喜歡說自己愛和平，但其實，是愛鬥爭的，愛看別的東西鬥爭，也愛看自己們鬥爭。

最普通的是鬥雞，鬥蟋蟀，南方有鬥黄頭鳥，鬥畫眉鳥，北方有鬥鵪鶉，一群閒人們圍著呆看，還因此賭輸贏。古時候有鬥魚，現在變把戲的會使跳蚤打架。看今年的《東方雜誌》[2]，才知道金華又有鬥牛，不過和西班牙卻兩樣的，西班牙是人和牛鬥，我們是使牛和牛鬥。

任他們鬥爭著，自己不與鬥，只是看。

軍閥們只管自己鬥爭著，人民不與聞，只是看。

然而軍閥們也不是自己親身在鬥爭，是使兵士們相鬥爭，所以頻年惡戰，而頭兒個個終於是好好的，忽而誤會消釋了，忽而杯酒言歡了，忽而共同禦侮了，忽而立誓報國了，忽而……。不消說，忽而自然不免又打起來了。

然而人民一任他們玩把戲，只是看。

但我們的鬥士，只有對於外敵卻是兩樣的：近的，是「不抵抗」，遠的，是「負弩前驅」[3]云。

「不抵抗」在字面上已經說得明明白白。「負弩前驅」呢，弩機的制度早已失傳了，必須待考古學家研究出來，製造起來，然後能夠負，然後能夠前驅。

還是留著國產的兵士和現買的軍火，自己鬥爭下去罷。中國的人口多得很，暫時總有一些孑遺在看著的。但自然，倘要這樣，則對於外敵，就一定非「愛和平」[4]不可。

一月二十四日。

【注釋】

1 本篇最初發表於一九三三年一月三十一日上海《申報·自由談》，署名何家干。

2 綜合性刊物，一九〇四年三月在上海創刊，一九四八年十二月停刊，商務印書館出版。一九三三年一月十六日該刊第三十卷第二號，曾刊載浙江婺州鬥牛照片數幀，題為《中國之鬥牛》。

3 語見《逸周書》：「武王伐紂，散宜生，閎夭負弩前驅。」當時國民黨政府對日本侵略採取不抵抗政策，每當日軍進攻，中國駐守軍隊大都奉命後退，如一九三三年一月三日日軍進攻山海關時，當地駐軍在四小時後即放棄要塞，不戰而退。但遠離前線的大小軍閥卻常故作姿態，揚言「抗日」，如山海關淪陷後，在四川參加軍閥混戰的田頌堯於一月二十日發通電說：「準備為國效命，候中央明令，即負弩前驅。」

4 當時政府當局經常以「愛和平」這類論調宣導國家政策，如一九三一年九一八事變後，蔣介石九月二十二日在南京市國民黨黨員大會上演講時就說：「此刻必須上下一致，先以公理對強權，以和平對野蠻，忍痛含憤，暫取逆來順受態度，以待國際公理之判斷。」

逃的辯護[1]

古時候，做女人大晦氣，一舉一動，都是錯的，這個也罵，那個也罵。現在這晦氣落在學生頭上了，進也挨罵，退也挨罵。

我們還記得，自前年冬天以來，學生是怎麼鬧的，有的要南來，有的要北上，南來北上，都不給開車。待到到得首都，頓首請願，卻不料「為反動派所利用」，許多頭都恰巧「碰」在刺刀和槍柄上，有的竟「自行失足落水」而死了。[2]

驗屍之後，報告書上說道，「身上五色」。我實在不懂。

誰發一句質問，誰提一句抗議呢？有些人還笑罵他們。

還要開除，還要告訴家長，還要勸進研究室。一年以來，好了，總算安靜了。但不料榆關[3]失了守，上海還遠，北平卻不行了，因為連研究室也有了危險。住在上海的人們想必記得的，去年二月的暨南大學，勞動大學，同濟大學……，研究室裡還坐得住麼？[4]

北平的大學生是知道的，並且有記性，這回不再用頭來「碰」刺刀和槍柄了，也不再想「自行失足落水」，弄得「身上五色」了，卻發明了一種新方法，是：大家走散，各自回家。

這正是這幾年來的教育顯了成效。

然而又有人來罵了[5]。童子軍還在烈士們的輓聯上，說他們「遺臭萬年」[6]。

但我們想一想罷：不是連語言歷史研究所[7]裡的沒有性命的古董都在搬家了麼？不是學生都不能每人有一架自備的飛機麼？能用本國的刺刀和槍柄「碰」得瘟頭瘟腦，躲進研究室裡去的，倒能並不瘟頭瘟腦，不被外國的飛機大炮，炸出研究室外去麼？

阿彌陀佛！

一月二十四日。

【注釋】

1 本篇最初發表於一九三三年一月三十日《申報．自由談》，原題為《「逃」的合理化》，署名何家干。

2 指學生到南京請願一事。九一八事變後，全國學生奮起抗議蔣介石的不抵抗政策。十二月初，各地學生紛紛到南京請願。

3 即山海關，一九三三年一月三日為日軍攻陷。

4 一九三二年「一二八」日本侵略軍進攻上海時，處於戰區的暨南大學、勞動大學、同濟大學等，校舍或毀於炮火，或被日軍奪占，學生流散。

5 山海關失守後，北平形勢危急，各大、中學學生有請求展緩考期、提前放假或請假離校的事。當時曾有自稱「血魂除奸團」者，為此責罵學生「貪生怕死」、「無恥而懦弱」。周木齋在《濤聲》第二卷第四期（一九三三年一月二十一日）發表的《罵人與自罵》一文中，也說學生是「敵人未到，聞風遠逸」，「即使不能赴難，最低最低的限度也不應逃難」。

6 一九三三年一月二十二日，政府在北平中山公園中山堂舉行追悼陣亡將士大會。會上有童子軍組織送的輓聯，上寫：「將士飲彈殺敵，烈於千古；學生罷考潛逃，臭及萬年。」

7 應作歷史語言研究所，是國民黨政府中央研究院的一個機構，當時設在北平。許多珍貴的古代文物歸它保管。一九三三年日軍進攻熱河時，該所於一月二十一日將首批古物三十箱、古書九十箱運至南京。

崇實[1]

事實常沒有字面這麼好看。

例如這《自由談》，其實是不自由的，現在叫作《自由談》，總算我們是這麼自由地在這裡談著。

又例如這回北平的遷移古物[2]和不准大學生逃難[3]，發令的有道理，批評的也有道理，不過這都是些字面，並不是精髓。

倘說，因為古物古得很，有一無二，所以是寶貝，應該趕快搬走的罷。這誠然也說得通的。但我們也沒有兩個北平，而且那地方也比一切現存的古物還要古。禹是一條蟲[4]，那時的話我們且不談罷，至於商周時代，這地方卻確是已經有了的。為什麼倒撇下不管，單搬古物呢？

說一句老實話，那就是並非因為古物的「古」，倒是為了它在失掉北平之後，還可以隨身帶著，隨時賣出銅錢來。

大學生雖然是「中堅分子」，然而沒有市價，假使歐美的市場上值到五百美金一名口，也一定會裝了箱子，用專車和古物一同運出北平，在租界上外國銀行的保險櫃子裡藏起來的。

但大學生卻多而新，惜哉！

廢話不如少說，只錄崔顥[5]《黃鶴樓》詩以弔之，曰——

闊人已騎文化去，此地空餘文化城。[6]
文化一去不復返，古城千載冷清清。
專車隊隊前門站，晦氣重重大學生。
日薄榆關何處抗，煙花場上沒人驚。

一月三十一日。

【注釋】

1 本篇最初發表於一九三三年二月六日《申報．自由談》，署名何家干。

2 一九三三年一月日本侵佔山海關後，國民黨政府以「減少日軍目標」為理由，慌忙將歷史語言研究所、故宮博物院等收藏的古物分批從北平運至南京、上海。

3 一九三三年一月二十八日，教育部電令北平各大學：「據各報載榆關告緊之際，北平各大學中頗有逃考及提前放假等情，……查大學生為國民中堅分子，詎容妄自驚擾，敗壞校規；學校當局迄無呈報，跡近寬縱，亦屬非是。」

4 這是顧頡剛在一九二三年討論古史的文章中提出的看法。他在對禹作考證時，曾以《說文解字》訓「禹」為「蟲」作根據，提出禹是「蜥蜴之類」的「蟲」的推斷。（見《古史辨》第一冊六十三頁）

5 崔顥（七〇四—七五四）汴州（今河南開封）人，唐代詩人。他的《黃鶴樓》詩原文為：「昔人已乘黃鶴去，此地空餘黃鶴樓。黃鶴一去不復返，白雲千載空悠悠。晴川歷歷漢陽樹，芳草萋萋鸚鵡洲。日暮鄉關何處是，煙波江上使人愁。」

6 一九三二年十月間，北平文教界江瀚等三十多人，在日軍進逼關內，華北危急時，向國民黨政府呈送意見書，以北平保存有「寄付著國家命脈，國民精神的文化品物」和「全國各種學問的專門學者，大多薈萃在北平」為理由，要求「明定北平為文化城」，將「北平的軍事設備挪開」，用不設防來求得北平免遭日軍炮火。

電的利弊[1]

日本幕府時代，曾大殺基督教徒，刑罰很凶，但不准發表，世無知者。到近幾年，乃出版當時的文獻不少。曾見《切利支丹殉教記》[2]，其中記有拷問教徒的情形，或牽到溫泉旁邊，用熱湯澆身；或周圍生火，慢慢的烤炙，這本是「火刑」，但主管者卻將火移遠，改死刑為虐殺了。

中國還有更殘酷的。唐人說部中曾有記載，一縣官拷問犯人，四周用火遙焙，口渴，就給他喝醬醋[3]，這是比日本更進一步的辦法。現在官廳拷問嫌疑犯，有用辣椒煎汁灌入鼻孔去的，似乎就是唐朝遺下的方法，或則是古今英雄，所見略同。

曾見一個囚在反省院裡的青年的信，說先前身受此刑，苦痛不堪，辣汁流入肺臟及心，已成不治之症，即釋放亦不免於死云云。此人是陸軍學生，不明內臟構造，其實倒掛灌鼻，可以由氣管流入肺中，引起致死之病，卻不能進入心中；大約當時因在苦楚中，知覺瞀亂，遂疑為已到心臟了。

但現在之所謂文明人所造的刑具，殘酷又超出於此種方法萬萬。上海有電刑，一上，即遍身痛楚欲裂，遂昏去，少頃又醒，則又受刑。聞曾有連受七八次者，即幸而免死，亦從此牙齒皆搖動，神經亦變鈍，不能復原。前年紀念愛迪生[4]，許多人讚頌電報電話之有利於人，卻沒有想到同是一電，而有人得到這樣的大害，福人用電氣療病，美容，而被壓迫者卻以此受苦，喪命也。

外國用火藥製造子彈禦敵，中國卻用它做爆竹敬神；外國用羅盤針航海，中國卻用它看風水；外國用鴉片醫病，中國卻拿來當飯吃。同是一種東西，而中外用法之不同有如此，蓋不但電氣而已。

一月三十一日。

【注釋】

1 本篇最初發表於一九三三年二月十六日《申報・自由談》，署名何家干。

2 原名《切支丹の殉教者》，日本松崎實作，一九二二年出版。一九二五年修訂再版時改為現名。書中記述十六世紀以來天主教在日本的流傳，以及日本江戶幕府時代封建統治階級對天主教徒的殘酷迫害和屠殺的情況。「切支丹」（也稱「切利支丹」），是基督教（及基督教徒）的日本譯名。

3《太平廣記》卷二六八引《神異經》佚文中有類似記載：唐代武則天時，酷吏來俊臣逼供，「每鞫囚，無輕重，先以醋灌鼻，禁地牢中，以火圍繞。」

4 愛迪生（Thomas Alva Edison，一八四七—一九三一），美國發明家。精研電學，有很多發明，如電燈、電報、電話、電影機、留聲機等。一九三一年十月十八日逝世後，世界各地曾悼念他。

航空救國三願[1]

現在各色的人們大喊著各種的救國，好像大家突然愛國了似的。其實不然，本來就是這樣，在這樣地救國的，不過現在喊了出來罷了。

所以銀行家說貯蓄救國，賣稿子的說文學救國，畫畫兒的說藝術救國，愛跳舞的說寓救國於娛樂之中，還有，據煙草公司說，則就是吸吸馬占山[2]將軍牌香煙，也未始非救國之一道云。

這各種救國，是像先前原已實行過來一樣，此後也要實行下去的，決不至於五分鐘。

只有航空救國[3]較為別致，是應該刮目相看的，那將來也很難預測，原因是在主張的人們自己大概不是飛行家。

那麼，我們不妨預先說出一點願望來。

看過去年此時的上海報的人們恐怕還記得，蘇州不是有一隊飛機來打仗的麼？後來別的都在中途「迷失」了，只剩下領隊的洋烈士[4]的那一架，雙拳不敵四手，終於給日本飛機打落，累得他母親從美洲路遠迢迢的跑來，痛哭一場，帶幾個花圈而去。

聽說廣州也有一隊出發的，閨秀們還將詩詞繡在小衫上，贈戰士以壯行色。然而，可惜得很，好像至今還沒有到。

所以我們應該在防空隊成立之前，陳明兩種願望——

一，路要認清；

二，飛得快些。

還有更要緊的一層，是我們正由「不抵抗」以至「長期抵抗」而入於「心理抵抗」[5]的時候，實際上恐怕一時未必和外國打仗，那時戰士技癢了，而又苦於英雄無用武之地，不知道會不會炸彈倒落到手無寸鐵的人民頭上來的？

所以還得戰戰兢兢的陳明一種願望，是——

三，莫殺人民！

二月三日。

【注釋】

1 本篇最初發表於一九三三年二月五日《申報．自由談》，署名何家干。

2 馬占山（一八八五—一九五〇），吉林懷德人，國民黨東北軍的軍官。九一八事變後，他任黑龍江省代理主席。日本侵略軍由遼寧向黑龍江進犯時，他曾率部抵抗，當時輿論界一度稱他為「民族英雄」。上海福昌煙公司曾以他的名字做香煙的牌號，並在報上登廣告說：「凡我大中華愛國同胞應一致改吸馬占山將軍牌香煙」。

3 一九三三年初，國民黨政府決定舉辦航空救國飛機捐，組織中華航空救國會（後更名為中國航空協會），宣稱要「集合全國民眾力量，輔助政府，努力航空事業」，在全國各地發行航空獎券，強行募捐。

4 一九三二年二月，有替國民黨政府航空署試驗新購飛機性能的美國飛行員蕭特（B.Short），由滬駕機飛南京，途經蘇州上空時與日機六架相遇，被擊落身死，全國通訊社和報紙曾借此進行宣傳。蕭特的母親聞訊後，於四月曾來中國。

5 九一八事變時，東北軍未進行抵抗。一二八戰爭後，國民黨四屆二中全會宣言中曾聲稱「中央既定長期抵抗之決心」，此外又有「心理抵抗」之類說法。

不通兩種[1]

人們每當批評文章的時候，凡是國文教員式的人，大概是著眼於「通」或「不通」，《中學生》[2]雜誌上還為此設立了病院。然而做中國文其實是很不容易「通」的，高手如太史公司馬遷[3]，倘將他的文章推敲起來，無論從文字，文法，修辭的任何一種立場去看，都可以發現「不通」的處所。

不過現在不說這些；要說的只是在籠統的一句「不通」之中，還可由原因而分為幾種。大概的說，就是：有作者本來還沒有通的，也有本可以通，而因了種種關係，不敢通，或不願通的。

例如去年十月三十一日《大晚報》[4]的記載「江都清賦風潮」，在《鄉民二度興波作浪》這一個巧妙的題目之下，述陳友亮之死云：

「陳友亮見官方軍警中，有攜手槍之劉金發，竟欲奪劉之手槍，當被子彈出膛，飲彈而斃，員警隊亦開空槍一排，鄉民始後退。……」

「軍警」上面不必加上「官方」二字之類的廢話，這裡也且不說。最古怪的是子彈竟被寫得好像活物，會自己飛出膛來似的。但因此而累得下文的「亦」字不通了。必須將上文改作「當被擊斃」，才妥。倘要保存上文，則將末兩句改為「員警隊空槍亦一齊發聲，鄉民始後退」，這才銖兩悉稱，和軍警都毫無關係。——雖然文理總未免有點稀奇。

現在，這樣的稀奇文章，常常在刊物上出現。不過其實也並非作者的不通，大抵倒是恐怕「不准通」，因而先就「不敢通」了的緣故。頭等聰明人不談這些，就成了「為藝術的藝術」[5]家；次等聰明人竭力用種種法，來粉飾這不通，就成了「民族主義文學」[6]者，但兩者是都屬於自己「不願通」，即「不肯通」這一類裡的。

二月三日。

【因此引起的通論】

「最通的」文藝

王平陵

魯迅先生最近常常用何家干的筆名，在黎烈文主編的《申報》的《自由談》，發表不到五百字長的短文。好久不看見他老先生的文了，那種富於幽默性的諷刺的味兒，在中國的作家之林，當然還沒有人能超過魯迅先生。

不過，聽說現在的魯迅先生已跑到十字街頭，站在革命的隊伍裡去了。那麼，像他這種有閒階級的幽默的作風，嚴格言之，實在不革命。我以為也應該轉變一下才是！譬如：魯迅先生不喜歡第三種人，討厭民族主義的文藝，他盡可痛快地直說，何必裝腔做勢，吞吞吐吐，打這麼許多彎兒。

在他最近所處的環境，自然是除了那些恭頌蘇聯德政的獻詞以外，便沒有更通的文藝的。他認為第三種人不談這些，是比較最聰明的人；民族主義文藝者故意找出理由來文飾自己的不通，是比較次聰明的人。其言可謂盡深刻惡毒之能事。不過，現在最通的文藝，是不是僅有那些對蘇聯當局搖尾求媚的獻詞，不免還是疑問。如果先生們真是為著解放勞苦大眾而吶喊，猶可說也；假使，僅僅是為著個人的出路，故意製造一塊容易招搖的金字商標，以資號召而已。那麼，我就看不出先生們的苦心孤行，比到被你們所不齒的第三種人，以及民族主義文藝者，究竟是高多少。

其實，先生們個人的生活，由我看來，並不比到被你們痛罵的小資作家更窮苦些。當然，魯迅先生是例外，大多數的所謂革命的作家，聽說，常常在上海的大跳舞場，拉斐花園裡，可以遇見他們伴著嬌美的愛侶，一面喝香檳，一面吃朱古力，興高采烈地跳著狐步舞，倦舞意懶，乘著雪亮的汽車，奔赴預定的香巢，度他們真個銷魂的生活。明天起來，寫工人呵！鬥爭呵！之類的東西，拿去向書賈們所辦的刊物換取稿費，到晚上，照樣是生活在紅綠的燈光下，沉醉著，歡唱著，熱愛著。像這種優裕的生活，我不懂先生們還要叫什麼苦，喊什麼冤，你們的貓哭耗子的仁慈，是不是能博得勞苦大眾的同情，也許，在先生們自己都不免是絕大的疑問吧！

如果中國人不能從文化的本身上做一點基礎的工夫，就這樣大家空喊一陣口號，胡鬧一陣，我想，把世界上無論那種最新穎最時髦的東西拿到中國來，都是毫無用處。我們承認現在的蘇俄，確實是有了他相當的成功，但，這不是偶然。

他們從前所遺留下來的一部分文化的遺產，是多麼豐富，我們回溯到十月革命以前的俄國文學，音樂，美術，哲學，科學，哪一件不是已經到達國際文化的水準。他們有了這些充實的根基，才能產生現在這些學有根柢的領袖。我們僅僅渴慕人家的成功而不知道努力文化的根本的建樹，再等十年百年，乃至千年萬年，中國還是這樣，也許比現在更壞。

不錯，中國的文化運動，也已有二十年的歷史了。但是，在這二十年中，在文化上究竟收穫到什麼。歐美的名著，在中國是否能有一冊比較可靠的譯本，文藝上的各種派別，各種主義，我們是否都拿得出一種代表作，其他如科學上的發明，思想上的創造，是否能有一種值得我們記憶。唉！中國的文化低落到這步田地，還談得到什麼呢！

要是中國的文藝工作者，如不能從今天起，大家立誓做一番基本的工夫，多多地轉運一些文藝的糧食，多多地樹藝一些文藝的種子，我敢斷言：在現代的中國，絕不會產生「最通的」文藝的。

二月二十日《武漢日報》的《文藝周刊》。

【通論的拆通】

官話而已

家干

這位王平陵先生我不知道是真名還是筆名？但看他投稿的地方，立論的腔調，就明白是屬於「官方」的。一提起筆，就向上司下屬控告了兩個人，真是十足的官家派勢。

說話彎曲不得，也是十足的官話。植物被壓在石頭底下，只好彎曲的生長，這時儼然自傲的是石頭。什麼「聽說」，什麼「如果」，說得好不自在。聽了誰說？如果不「如果」呢？「對蘇聯當局搖尾求媚的獻詞」是那些篇，「倦舞意懶，乘著雪亮的汽車，奔赴預定的香巢」的「所謂革命作家」是那些人呀？

是的，曾經有人[7]當開學之際，命大學生全體起立，向著鮑羅廷[8]一鞠躬，拜得他莫名其妙；也曾經有人[9]做過《孫中山與列寧》，說得他們倆真好像沒有什麼兩樣；至於聚斂享樂的人們之多，更是社會上大家周知的事實，但可惜那都並不是我們。平陵先生的「聽說」和「如果」，都成了無的放矢，含血噴人了。

於是乎還要說到「文化的本身」上。試想就是幾個弄弄筆墨的青年，就要遇到監禁，槍斃，失蹤的災殃，我做了六篇「不到五百字」的短評，便立刻招來了「聽說」和「如果」的官話，叫作「先生們」，大有一網打盡之概。則做「基本的工夫」者，現在捨官許的「第三種人」[10]和「民族主義文藝者」之外還能靠誰呢？

「唉！」

然而他們是做不出來的。現在只有我的「裝腔作勢，吞吞吐吐」的文章，倒正是這社會的產物。而平陵先生又責為「不革命」，好像他乃是真正老牌革命黨，這可真是奇怪了。——但真正老牌的官話也正是這樣的。

七月十九日。

【注釋】

1 本篇最初發表於一九三三年二月十一日《申報．自由談》，署名何家干。

2 以中學生為對象的綜合性刊物，夏丏尊、葉聖陶等編輯，一九三〇年一月在上海創刊，開明書店出版。一九三二年二月起，該刊闢有「文章病院」一欄，從當時書籍報刊中選取有文法錯誤或文義不合邏輯的文章，加以批改。

3 司馬遷（約西元前一四五—約前八十六），字子長，夏陽（今陝西韓城南）人，西漢史學家、文學家，曾任太史令。所著《史記》是我國著名的紀傳體史書。

4 一九三二年二月十二日在上海創刊。創辦人張竹平，後為財閥孔祥熙收買。一九四九年五月二十五日停刊。

5 最早由法國作家戈蒂葉（一八一一—一八七二）提出的一種資產階級文藝觀點（見小說《莫班小姐》序）。它認為藝術應超越一切功利而存在，創作的目的在於藝術本身，與社會政治無關。三十年代初，新月派的梁實秋、自稱「第三種人」的蘇汶等，都曾宣揚這種觀點。

6 一九三〇年六月由國民黨當局策劃的文學運動，發起人是潘公展、范爭波、朱應鵬、傅彥長、王平陵等文人。曾出版《前鋒周報》、《前鋒月刊》等。

7 指戴季陶。一九二六年十月十七日，他在出任廣州中山大學委員會委員長的就職典禮上，曾發表贊成國共合作的演說，並引導與會學生向參加典禮的鮑羅廷行一鞠躬禮，以示「敬意」。

8 鮑羅廷（**Михайл Ма́ркович Бороди́н**，一八八四—一九五一），蘇聯政治活動家。一九一九年至一九二三年在共產國際遠東部工作。一九二三年至一九二七年來中國，受孫中山聘為國民黨特別顧問，在國民黨改組工作中起過積極的作用。

9 指甘乃光。《孫中山與列寧》是他的講演稿，一九二六年由廣州中山大學政治訓育部出版。當時甘任中山大學政治訓育部副主任。

10 一九三一年至一九三二年，胡秋原、蘇汶（杜衡）自稱是居於反動文藝和左翼文藝兩個陣營之外的「自由人」、「第三種人」。他們宣傳「文藝自由」論，鼓吹文藝脫離政治，攻擊左翼文藝運動。

賭咒[1]

「天誅地滅，男盜女娼」——是中國人賭咒的經典，幾乎像詩云子曰一樣。現在的宣誓，「誓殺敵，誓死抵抗，誓……」似乎不用這種成語了。

但是，賭咒的實質還是一樣，總之是信不得。他明知道天不見得來誅他，地也不見得來滅他，現在連人參都「科學化地」含起電氣來了[2]，難道「天地」還不科學化麼！

至於男盜和女娼，那是非但無害，而且有益：男盜——可以多刮幾層地皮，女娼——可以多弄幾個「裙帶官兒」[3]的位置。

我的老朋友說：你這個「盜」和「娼」的解釋都不是古義。我回答說——你知道現在是什麼時代！現在是盜也摩登，娼也摩登，所以賭咒也摩登，變成宣誓了。

二月九日。

【注釋】

1 本篇最初發表於一九三三年二月十四日《申報・自由談》，署名干。

2 一九三二年底，上海佛慈大藥廠在報上刊登廣告，宣傳所謂「長生防老新藥」──「含電人參膠」，說這種藥是「科學」發明，能「補充電氣於體內」，供給「人生命原動力之活電子」。

3 原來是指因妻子的關係而得官的人。語出宋代趙升《朝野類要》卷三：「親王南班之婿，號曰西官，即所謂郡馬也；俗謂裙帶頭官。」後來即用以指因妻女姊妹等女人關係而獲官職的人。

戰略關係[1]

首都《救國日報》[2]上有句名言：

「浸使為戰略關係，須暫時放棄北平，以便引敵深入……應嚴厲責成張學良[3]，以武力制止反對運動，雖流血亦所不辭。」（見《上海日報》二月九日轉載。）

雖流血亦所不辭！勇敢哉戰略大家也！

血的確流過不少，正在流的更不少，將要流的還不知道有多多少少。這都是反對運動者的血。為著什麼？為著戰略關係。

戰略家[4]在去年上海打仗的時候，曾經說：「為戰略關係，退守第二道防線」，這樣就退兵；過了兩天又說，為戰略關係，「如日軍不向我軍射擊，則我軍不得開槍，著士兵一體遵照」，這樣就停戰。此後，「第二道防線」消失，上海和議[5]開始，談判，簽字，完結。

那時候，大概為著戰略關係也曾經見過血；這是軍機大事，小民不得而知，——至於親自流過血的雖然知道，他們又已經沒有了舌頭。究竟那時候的敵人為什麼沒有「被誘深入」？

現在我們知道了：那次敵人所以沒有「被誘深入」者，絕不是當時戰略家的手段太不高明，也不是完全由於反對運動者的血流得「太少」，而另外還有個原因：原來英國從中調停——暗地裡和日本有了諒解，說是日本呀，你們的軍隊暫時退出上海，我們英國更進一步來幫你的忙，使滿洲國[6]不至於被國聯[7]否認，——這就是現在國聯的什麼什麼草案[8]，什麼什麼委員的態度[9]。

這其實是說，你不要在這裡深入，——這裡是有贓大家分，——你先到北方去深入再說。深入還是要深入，不過地點暫時不同。

因此，「誘敵深入北平」的戰略目前就需要了。流血自然又要多流幾次。

其實，現在一切準備停當，行都陪都[10]色色俱全，文化古物和大學生也已經各自喬遷。無論是黃面孔，白面孔，新大陸，舊大陸的敵人，無論這些敵人要深入到什麼地方，都請深入罷。至於怕有什麼反對運動，那我們的戰略家：「雖流血亦所不辭」！放心，放心。

二月九日。

【備考】

奇文共賞

周敬儕

大人先生們把「故宮古物」看得和命（當然不是小百姓的命）一般堅決南遷，無非因為「古物」價值不止「連城」，並且容易搬動，容易變錢的原故，這也值得你們大驚小怪，冷嘲熱諷！

我正這樣想著的時候，居然從首都一家報紙上見到贊成「古物南遷」的社論；並且建議「武力制止反對」，「流血在所不辭」，請求政府「保持威信」，「貫徹政策」！這樣的宏詞高論，我實在不忍使它湮沒無聞，因特不辭辛苦，抄錄出來，獻給大眾：

「……北平各團體之反對古物南遷，為有害北平將來之繁榮，此種自私自利完全蔑視國家利益之理由，北平各團體竟敢說出，吾人殊服其厚顏無恥，彼等只為北平之繁榮，必須以數千年古物冒全被敵人劫奪而去之大危險，所見未免太小，使政府為戰略關係，須暫時放棄北平，以便引敵深入，聚而殲之，則古物必被敵人劫奪而去，試問將來北平之繁榮何由維持，故不如先行遷移，俟打倒日本，北平安如泰山後，再行遷回，北平各團體自私自利，固可惡可恥，其無遠慮，亦可憐也，其反對遷移之又一理由，則謂政府應先顧全土地，此言似是而實非，蓋放棄一部分土地供敵人一時之占領，以殲滅敵人，然後再行恢復，古今中外，其例甚多，如一八一二年之役，俄人不但放棄莫斯科，且將莫斯科燒毀，以困拿破崙，歐戰時，比利時，塞爾維亞，皆放棄全部領土，供敵人蹂躪，卒將強德擊破，蓋領土被占，只須不與敵人媾和，簽字於割讓條約，則敵人固無如該土何，至於故宮古物，若不遷移，設不幸北平被敵人占領，將古物劫奪而去，試問中國將何法以恢復之，行見中國文明結晶，供敵人戰利品，可恥孰甚，……最後吾人奉告政府，政府遷移古物之政策，既已決定，則不論遇如何阻礙，應求其貫徹，若一經無見識無遠慮之群愚反對，即行中止，政府威信何在，故吾主張嚴責張學良，使以武力制止反對運動，若不得已，雖流血亦所不辭……」

二月十三日，《申報》《自由談》。

【注釋】

1 本篇最初發表於一九三三年二月十三日《申報．自由談》，署名何家干。

2 一九三二年八月在南京創刊的報紙，龔德柏主辦，一九四九年四月停刊。文中所引的話，原見一九三三年二月六日該報社論《為遷移故宮古物告政府》。

3 張學良，字漢卿，遼寧海城人。九一八事變時任國民黨政府陸海空軍副司令兼東北邊防軍司令長官，奉蔣介石不抵抗的命令，放棄東北三省。「九一八」後，曾任國民政府軍事委員會北平軍分會代理委員長等職。

4 指當時軍事要員。一九三二年一二八上海戰事發生後，他們屢令中國軍隊後撤，聲稱是「變更戰略」，「引敵深入」，「並非戰敗」。

5 一二八戰事發生後，政府在英、美、法等帝國主義參預下，同日本侵略者進行談判，於一九三二年五月五日簽訂《上海停戰協定》。

6 日本侵佔東北後建立的傀儡政權。一九三二年三月在長春成立，以清廢帝溥儀為「執政」；一九三四年三月改稱「滿洲帝國」，溥儀改為「皇帝」。

7 「國際聯盟」的簡稱。第一次世界大戰後於一九二〇年成立的國際政府間組織。它標榜以「促進國際合作、維持國際和平與安全」為目的，第二次世界大戰爆發後無形瓦解，一九四六年四月正式宣告解散。九一八事變後，它袒護日本帝國主義對中國的侵略。

8 指一九三二年十二月十五日國聯十九國委員會特別會議通過的關於調解中日爭端的「決議草案」。一九三三年一月又據此草案修改為「德魯蒙新草案」。這些草案明顯地袒護日本，默認「滿洲國」偽政權。

9 指參加國聯十九國委員會的英國代表、外相西門的態度。他在國聯會議的發言中屢次為日本侵略中國辯護，曾受到當時中國輿論界的譴責。

10 行都：在必要時政府暫時遷駐的地方；陪都：在首都以外另建的都城。國民黨政府以南京為首都。一九三二年一二八戰事時，於一月三十日倉皇決定「移駐洛陽辦公」；三月國民黨四屆二中全會又通過決議，正式定洛陽為行都，西安為陪都。同年十二月一日由洛陽遷回南京。

頌蕭[1]

蕭伯納[2]未到中國之前，《大晚報》希望日本在華北的軍事行動會因此而暫行停止，呼之曰「和平老翁」[3]。

蕭伯納既到香港之後，各報由「路透電」[4]譯出他對青年們的談話，題之曰「宣傳共產」。

蕭伯納「語路透訪員曰，君甚不像華人，蕭並以中國報界中人全無一人訪之為異，問曰，彼等其幼稚至於未識余乎？」（十一日路透電）

我們其實是老練的，我們很知道香港總督的德政，上海工部局[5]的章程，要人的誰和誰是親友，誰和誰是仇讎，誰的太太的生日是那一天，愛吃的是什麼。

但對於蕭，——惜哉，就是作品的譯本也只有三四種。

所以我們不能識他在歐洲大戰以前和以後的思想，也不能深識他遊歷蘇聯以後的思想。但只就十四日香港「路透電」所傳，在香港大學對學生說的「如汝在二十歲時不為赤色革命家，則在五十歲時將成不可能之僵石，汝欲在二十歲時成一赤色革命家，則汝可得在四十歲時不致落伍之機會」的話，就知道他的偉大。

但我所謂偉大的，並不在他要令人成為赤色革命家，因為我們有「特別國情」[6]，不必赤色，只要汝今天成為革命家，明天汝就失掉了性命，無從到四十歲。我所謂偉大的，是他竟替我們二十歲的青年，想到了四五十歲的時候，而且並不離開了現在。

闊人們會搬財產進外國銀行，坐飛機離開中國地面，或者是想到明天的罷；「政如飄風，民如野鹿」[7]，窮人們可簡直連明天也不能想了，況且也不准想，不敢想。

又何況二十年，三十年之後呢？這問題極平常，然而是偉大的。

此之所以為蕭伯納！

二月十五日。

【又招惱了大主筆】

蕭伯納究竟不凡

《大晚報》社論

「你們批評英國人做事，覺得沒有一件事怎樣的好，也沒有一件事怎樣的壞；可是你們總找不出那一件事給英國人做壞了。他做事多有主義的。他要打你，他提倡愛國主義來；他要搶你，他提出公事公辦的主義；他要奴役你，他提出帝國主義大道理；他要欺侮你，他又有英雄主義的大道理；他擁護國王，有忠君愛國的主義，可是他要斫掉國王的頭，又有共和主義的道理。他的格言是責任；可是他總不忘記一個國家的責任與利益發生了衝突就要不得了。」

這是蕭伯納老先生在《命運之人》中批評英國人的尖刻語。我們舉這一個例來介紹蕭先生，要讀者認識大偉人之所以偉大，也自有其秘訣在。這樣子的冷箭，充滿在蕭氏的作品中，令受者難堪，聽者痛快，於是蕭先生的名言警句，家傳戶誦，而一代文豪也確定了他的偉大。

藉主義，成大名，這是現代學者一時的風尚，蕭先生有嘴說英國人，可惜沒有眼估量自己。我們知道蕭先生是泛平主義的先進，終身擁護這漸進社會主義，他的戲劇，小說，批評，散文中充塞著這種主義的宣傳品，蕭先生之於社會主義，可說是個徹頭徹尾的忠實信徒。然而，我們又知道，蕭先生是銖錙必較的積產專家，是反對慈善事業最力的理論家，結果，他坐擁著百萬巨資面團團早成了個富家翁。

蕭先生唱著平均資產的高調，為被壓迫的勞工鳴不平，向寄生物性質的資產家冷嘲熱諷，因此而贏得全民眾的同情，一書出版，大家搶著買，一劇登場，一百多場做下去，不愁沒有人看，於是蕭先生坐在提倡共產主義的安樂椅裡，笑嘻嘻地自鳴得意，借主義以成名，掛羊頭賣狗肉的戲法，究竟巧妙無窮。

現在，蕭先生功成名就，到我們窮苦的中國來玩玩了。多謝他提攜後進的熱誠，在香港告訴我們學生道：「二十歲不為赤色革命家，五十歲要成僵石；二十歲做了赤色革命家，四十歲可不致落伍。」原來做赤色革命家的原因，只為自己怕做僵石，怕落伍而已；主義本身的價值如何，本來與個人的前途沒有多大關係；我們要在社會裡混出頭，只求不僵，只求不落伍，這是現代人立身處世的名言，蕭先生坦白言之，安得不叫我們五體投地，真不愧「聖之時者也」的現代孔子了。

然而，蕭先生可別小看了這老大的中國，像你老先生這樣時髦的學者，我們何嘗沒有。坐在安樂椅裡發著尖刺的冷箭來宣傳什麼主義的，不須先生指教，戲法已要得十分純熟了。我想先生知道了，一定要莞爾而笑曰：「我道不孤！」

然而，據我們愚蠢的見解，偉大人格的素質，重要的是個誠字。你信仰什麼主義，就該誠摯地力行，不該張大了嘴唱著好聽。若說，蕭先生和他的同志，真信仰共產主義的，就請他散盡了家產再說話。

可是，話也得說回來，蕭先生散盡了家產，真穿著無產同志的襤褸裝束，坐著三等艙來到中國，又有誰去睬他呢？這樣一想：蕭先生究竟不凡。

二月十七日。

【也不佩服大主筆】

前文的案語

樂雯[8]

這種「不凡」的議論的要點是：（一）尖刻的冷箭，「令受者難堪，聽者痛快」，不過是取得「偉大」的秘訣；（二）這秘訣還在於「借主義，成大名，掛羊頭，賣狗肉的戲法」；（三）照《大晚報》的意見，似乎應當為著自己的「主義」——高唱「神武的大文」，「張開血盆似的大口」去吃人，雖在二十歲就落伍，就變為僵石，亦所不惜；（四）如果蕭伯納不贊成這種「主義」，就不應當坐安樂椅，不應當有家財，贊成了那種主義，當然又當別論。

可惜，這世界的崩潰，偏偏已經到了這步田地：——小資產的知識階層分化出一些愛光明不肯落伍的人，他們向著革命的道路上開步走。他們利用自己的種種可能，誠懇的贊助革命的前進。他們在以前，也許客觀上是資本主義社會關係的擁護者。但是，他們偏要變成資產階級的「叛徒」。而叛徒常常比敵人更可惡。

卑劣的資產階級心理，以為給了你「百萬家財」，給了你世界的大名，你還要背叛，你還有什麼不滿意，「實屬可惡之至」。這自然是「借主義，成大名」

了。對於這種卑劣的市儈，每一件事情一定有一種物質上的榮華富貴的目的。這是道地的「唯物主義」——名利主義。蕭伯納不在這種卑劣心理的意料之中，所以可惡之至。

而《大晚報》還推論到一般的時代風尚，推論到中國也有「坐在安樂椅裡發著尖刺的冷箭來宣傳什麼什麼主義的，不須先生指教」。這當然中外相同的道理，不必重新解釋了。可惜的是：獨有那吃人的「主義」，雖然借用了好久，然而還是不能夠「成大名」，嗚呼！

至於可惡可怪的蕭，——他的偉大，卻沒有因為這些人「受著難堪」，就縮小了些。所以像中國歷代的離經叛道的文人似的，活該被皇帝判決「抄沒家財」。

《蕭伯納在上海》

【注釋】

1 本篇最初發表於一九三三年二月十七日《申報．自由談》，原題為《蕭伯納頌》，署名何家干。

2 蕭伯納（George Bernard Shaw，一八五六—一九五〇），英國劇作家、批評家，出生於愛爾蘭都柏林。早年參加過英國改良主義的政治組織「費邊社」。第一次世界大戰爆發後，他譴責帝國主義戰爭，同情俄國十月社會主義革命。一九三一年曾訪問蘇聯。但他始終未能擺脫資產階級改良主義觀點。主要作品有劇本《華倫夫人的職業》、《巴巴拉少校》、《真相畢露》等，大都揭露和諷刺資本主義社會的偽善和罪惡。一九三三年他乘船周遊世界，於二月十二日到香港，十七日到上海。

3 一九三三年一月六日《大晚報》曾載蕭伯納將到北平的消息，題為《和平老翁蕭伯納，鼙鼓聲中遊北平》，其中有希望蕭伯納「能於其飛渡長城來遊北平時，暫使戰爭停頓」的話。

4 即路透通訊社的電訊。路透社由猶太人路透（P.J.Reuter）一八五〇年創辦於德國亞琛，一八五一年遷至英國倫敦，後來成為英國最大的通訊社。它在中國的活動，始於一八七一年前後。這裡所說的「路透電」，指一九三三年二月十四日該社由香港發的關於蕭伯納發表演說的電訊，曾刊登於十五日《申報》，題為《對香港大學生演說——蕭伯納宣傳共產》。

5 舊時英、美、日等帝國主義在上海、天津等地租界內設立的統治機關，是帝國主義推行殖民主義政策和奴役中國人民的工具。

6 袁世凱陰謀復辟帝制時散布的一種謬論。一九一四年至一九一五年間，袁世凱的憲法顧問、美國人古德諾（F.J.Goodnow）鼓吹中國有「特別國情」，不宜實行民主政治，如他在一九一五年八月十日北京《亞細亞日報》上發表的《共和與君主論》一文中，胡說從中國的「歷史習慣社會經濟之狀況」來看，「以君主制行之為易」。當時中國擁袁稱帝的反動勢力如籌安會等，也極力宣傳「共和不適於國情」之類。

7 「政如飄風，民如野鹿」上句出自《老子》第二十章：「飄風不終朝，驟雨不終日。」下句見《莊子．天地》：「上如標枝，民如野鹿。」

8 樂雯原是魯迅的筆名。一九三三年二月，瞿秋白在上海養病期間，經魯迅提議和協助，把當時上海出版的中外報刊上圍繞蕭伯納到中國而發表的各種文章，輯成《蕭伯納在上海》一書，署為「樂雯剪貼翻譯並編校」，由魯迅作序，一九三三年三月野草書屋出版。

對於戰爭的祈禱[1]

——讀書心得

熱河的戰爭[2]開始了。

三月一日——上海戰爭的結束的「紀念日」，也快到了。「民族英雄」的肖像[3]一次又一次的印刷著，出賣著；而小兵們的血，傷痕，熱烈的心，還要被人糟蹋多少時候？回憶裡的炮聲和幾千里外的炮聲，都使得我們帶著無可如何的苦笑，去翻開一本無聊的，但是，倒也很有幾句「警句」的閒書。這警句是：

「喂，排長，我們到底上那裡去喲？」——其中的一個問。

「走吧。我也不曉得。」

「丟那媽，死光就算了，走什麼！」

「不要吵，服從命令！」

「丟那媽的命令！」

然而丟那媽歸丟那媽，命令還是命令，走也當然還是走。

四點鐘的時候，中山路復歸於沉寂，風和葉兒沙沙的響，月亮躲在青灰色的雲海裡，睡著，依舊不管人類的事。

這樣，十九路軍就向西退去。

（黃震遐[4]：《大上海的毀滅》。）

什麼時候「丟那媽」和「命令」不是這樣各歸各，那就得救了。

不然呢？還有「警句」可以回答這個問題：

十九路軍打，是告訴我們說，除掉空說以外，還有些事好做！

十九路軍勝利，只能增加我們苟且，偷安與驕傲的迷夢！

十九路軍死，是警告我們活得可憐，無趣！

十九路軍失敗，才告訴我們非努力，還是做奴隸的好！

（見同書。）

這是警告我們，非革命，則一切戰爭，命裡註定的必然要失敗。現在，主戰是人人都會的了——這是一二八的十九路軍的經驗：打是一定要打的，然而切不可打勝，而打死也不好，不多不少剛剛適宜的辦法是失敗。「民族英雄」對於戰爭的祈禱是這樣的。而戰爭又的確是他們在指揮著，這指揮權是不肯讓給別人的。戰爭，禁得起主持的人預定著打敗仗的計畫麼？好像戲臺上的花臉和白臉打仗，誰輸誰贏是早就在後臺約定了的。

嗚呼，我們的「民族英雄」！

二月二十五日。

【注釋】

1 本篇最初發表於一九三三年二月二十八日《申報．自由談》，署名何家干。

2 一九三三年二月，日本侵略軍繼攻陷山海關後，又進攻熱河省。

3 指當時上海印售的馬占山、蔣光鼐、蔡廷鍇等抵抗過日本侵略軍的國民黨將領的相片。

4 黃震遐（一九一一—一九七四）廣東南海人，「民族主義文學」的骨幹分子。《大上海的毀滅》，一部取材於一二八上海戰爭，誇張日本武力，宣揚失敗主義的小說；一九三二年五月二十八日起連載於上海《大晚報》，後由大晚報社出版單行本。

從諷刺到幽默[1]

諷刺家，是危險的。

假使他所諷刺的是不識字者，被殺戮者，被囚禁者，被壓迫者罷，那很好，正可給讀他文章的所謂有教育的智識者嘻嘻一笑，更覺得自己的勇敢和高明。然而現今的諷刺家之所以為諷刺家，卻正在諷刺這一流所謂有教育的智識者社會。

因為所諷刺的是這一流社會，其中的各分子便各各覺得好像刺著了自己，就一個個的暗暗的迎出來，又用了他們的諷刺，想來刺死這諷刺者。

最先是說他冷嘲，漸漸的又七嘴八舌的說他謾罵，俏皮話，刻毒，可惡，學匪，紹興師爺，等等，等等。然而諷刺社會的諷刺，卻往往仍然會「悠久得驚人」的，即使捧出了做過和尚的洋人[2]或專辦了小報來打擊，也還是沒有效，這怎不氣死人也麼哥[3]呢！

樞紐是在這裡：他所諷刺的是社會，社會不變，這諷刺就跟著存在，而你所刺的是他個人，他的諷刺倘存在，你的諷刺就落空了。

所以，要打倒這樣的可惡的諷刺家，只好來改變社會。

然而社會諷刺家究竟是危險的，尤其是在有些「文學家」明明暗暗的成了「王之爪牙」[4]的時代。人們誰高興做「文字獄」中的主角呢，但倘不死絕，肚子裡總還有半口悶氣，要借著笑的幌子，哈哈的吐他出來。笑笑既不至於得罪別人，現在的法律上也尚無國民必須哭喪著臉的規定，並非「非法」，蓋可斷言的。

我想：這便是去年以來，文字上流行了「幽默」的原因，但其中單是「為笑笑而笑笑」的自然也不少。

然而這情形恐怕是過不長久的，「幽默」既非國產，中國人也不是長於「幽默」的人民，而現在又實在是難以幽默的時候。於是雖幽默也就免不了改變樣子了，非傾於對社會的諷刺，即墮入傳統的「說笑話」和「討便宜」。

三月二日。

【注釋】

1 本篇最初發表於一九三三年三月七日《申報・自由談》，署名何家干。

2 指國際間諜特萊比歇・林肯（T.Lincoln，一八七九—一九四三），生於匈牙利的猶太人。他當時曾在上海活動，以和尚面目出現，法名照空。

3 元曲中常用的襯詞，無字義可解；也有寫作也波哥、也末哥的。

4 語出《詩經・小雅・祈父》：「予王之爪牙。」這裡指反動派的幫凶。

從幽默到正經[1]

「幽默」一傾於諷刺，失了它的本領且不說，最可怕的是有些人又要來「諷刺」，來陷害了，倘若墮於「說笑話」，則壽命是可以較為長遠，流年也大致順利的，但愈墮愈近於國貨，終將成為洋式徐文長[2]。當提倡國貨聲中，廣告上已有中國的「自造舶來品」，便是一個證據。

而況我實在恐怕法律上不久也就要有規定國民必須哭喪著臉的明文了。笑笑，原也不能算「非法」的。但不幸東省淪陷，舉國騷然，愛國之士竭力搜索失地的原因，結果發現了其一是在青年的愛玩樂，學跳舞。當北海上正在嘻嘻哈哈的溜冰的時候，一個大炸彈拋下來[3]，雖然沒有傷人，冰卻已經炸了一個大窟窿，不能溜之大吉了。

又不幸而榆關失守，熱河吃緊了，有名的文人學士，也就更加吃緊起來，做輓歌的也有，做戰歌的也有，講文德[4]的也有，罵人固然可惡，俏皮也不文明，要大家做正經文章，裝正經臉孔，以補「不抵抗主義」之不足。

但人類究竟不能這麼沉靜，當大敵壓境之際，手無寸鐵，殺不得敵人，而心裡卻總是憤怒的，於是他就不免尋求敵人的替代。這時候，笑嘻嘻的可就遭殃了，因為他這時便被叫作：「陳叔寶全無心肝」[5]。所以知機的人，必須也和大家一樣哭喪著臉，以免於難。「聰明人不吃眼前虧」，亦古賢之遺教也，然而這時也就「幽默」歸天，「正經」統一了剩下的全中國。

明白這一節，我們就知道先前為什麼無論貞女與淫女，見人時都得不笑不言；現在為什麼送葬的女人，無論悲哀與否，在路上定要放聲大叫。

這就是「正經」。說出來麼，那就是「刻毒」。

三月二日。

【注釋】

1 本篇最初發表於一九三三年三月八日《申報·自由談》，署名何家干。

2 徐文長（一五二一—一五九三）名渭，號青藤道士，浙江山陰（今紹興）人，明末文學家、書畫家。著有《徐文長初集》、《徐文長三集》及戲曲《四聲猿》等。浙東一帶流傳許多關於他的故事，有的把他描寫成詼諧、尖刻的人物。這些故事大部分是民間的創造，同徐文長本人無關。

3 一九三三年元旦，當北平學生在中南海公園舉行化裝溜冰大會時，有人當場擲炸彈一枚。在此之前，曾有人以「鋤奸救國團」名義，警告男女學生不要只顧玩樂，忘記國難。

4 國民黨政客戴季陶曾在南京《新亞細亞月刊》第五卷第一、二期合刊（一九三三年一月）發表《文德與文品》一文，其中說：「開口罵人說俏皮話……都非文明人之所應有。」

5 陳叔寶即南朝陳後主。《南史·陳本紀》：「（陳叔寶）既見宥，隋文帝給賜甚厚，數得引見，班同三品；每預宴，恐致傷心，為不奏吳音。後監守者奏言：『叔寶云，既無秩位，每預朝集，願得一官號。』隋文帝曰：『叔寶全無心肝。』」

王道詩話[1]

「人權論」[2]是從鸚鵡開頭的。據說古時候有一隻高飛遠走的鸚哥兒，偶然又經過自己的山林，看見那裡大火，牠就用翅膀蘸著些水灑在這山上；人家說牠那一點水怎麼救得熄這樣的大火，牠說：「我總算在這裡住過的，現在不得不盡點兒心。」（事出《櫟園書影》[3]，見胡適[4]《人權論集》序所引。）

鸚鵡會救火，人權可以粉飾一下反動的統治。這是不會沒有報酬的。胡博士到長沙去演講一次，何將軍[5]就送了五千元程儀。價錢不算小，這「叫做」實驗主義[6]。

但是，這火怎麼救，在「人權論」時期（一九二九——三〇年），還不十分明白，五千元一次的零賣價格做出來之後，就不同了。最近（今年二月二十一日）《字林西報》[7]登載胡博士的談話說：

「任何一個政府都應當有保護自己而鎮壓那些危害自己的運動的權利，固然，政治犯也和其他罪犯一樣，應當得著法律的保障和合法的審判……」

這就清楚得多了！這不是在說「政府權」了麼？自然，博士的頭腦並不簡單，他不至於只說：「一隻手拿著寶劍，一隻手拿著經典！」如什麼主義之類。他是說還應當拿著法律。

中國的幫忙文人，總有這一套秘訣，說什麼王道，仁政。你看孟夫子多麼幽默，他教你離得殺豬的地方遠遠的[8]，嘴裡吃得著肉，心裡還保持著不忍人之心，又有了仁義道德的名目。不但騙人，還騙了自己，真所謂心安理得，實惠無窮。詩曰：

文化班頭博士銜，人權拋卻說王權，
朝廷自古多屠戮，此理今憑實驗傳。

人權王道兩翻新，為感君恩奏聖明，
虐政何妨援律例，殺人如草不聞聲。
先生熟讀聖賢書，君子由來道不孤，
千古同心有孟子，也教肉食遠庖廚。
能言鸚鵡毒於蛇，滴水微功漫自誇，
好向侯門賣廉恥，五千一擲未為奢。

三月五日。

【注釋】

1 本篇最初發表於一九三三年三月六日《申報·自由談》，署名干。
按本篇和下面的《伸冤》、《曲的解放》、《迎頭經》、《出賣靈魂的秘訣》、《最藝術的國家》、《內外》、《透底》、《大觀園的人才》，以及《南腔北調集》中的《關於女人》、《真假堂吉訶德》，《准風月談》中的《中國文與中國人》等十二篇文章，都是一九三三年瞿秋白在上海時所作，其中有的是根據魯迅的意見或與魯迅交換意見後寫成的。魯迅對這些文章曾做過字句上的改動（個別篇改換了題目），並請人謄抄後，以自己使用的筆名寄給《申報·自由談》等報刊發表，後來又分別將它們收入自己的雜文集。

2 指《人權論集》。該書主要匯集胡適、羅隆基、梁實秋等在一九二九年間所寫的談人權問題的文章，一九三〇年二月上海新月書店出版。

3 即《因樹屋書影》。明末清初周櫟園著。該書卷二中說：「昔有鸚鵡飛集陀山，因山中大火，鸚鵡遙見，入水濡羽，飛而灑之。天神言：『爾雖有志意，何足云也？』對曰：『嘗僑居是山，不忍見耳。』天神嘉感，即為滅火。」這原是一個印度寓言，屢見於漢譯佛經中。周櫟園（一六一二—一六七二），名亮工，河南祥符（今開封）人。

4 胡適（一八九一—一九六二）字適之，安徽績溪人。一九二七年曾得美國哥倫比亞大學博士學位。他早年留學美國，一九一七年回國任北京大學教授。「五四」時期，他是新文化運動的右翼代表人物。

5 指何鍵（一八八七—一九五六），湖南醴陵人，國民黨軍閥。當時任湖南省政府主席。一九三二年十二月胡適應何鍵之邀到長沙講演《我們應走的路》，據傳何送他「路費」五千元。

6 現代資產階級哲學的一個主觀唯心主義派別，認為有用即真理，否認真理的客觀性。主要代表人有美國杜威等。胡適是杜威的學生和信徒。一九一九年胡適在北京連續講演宣傳實驗主義。一九二一年寫《杜威先生與中國》一文為之吹噓，文中說杜威的哲學方法「總名叫做『實驗主義』」。

7 《字林西報》（North China Dairy News）英國人在上海辦的英文日報，一八六四年七月一日創刊，一九五一年三月三十一日停刊。

8 見《孟子·梁惠王》：「君子之於禽獸也，見其生，不忍見其死；聞其聲，不忍食其肉，是以君子遠庖廚也。」

伸冤[1]

李頓報告書[2]採用了中國人自己發明的「國際合作以開發中國的計劃」，這是值得感謝的，——最近南京市各界的電報已經「謹代表京市七十萬民眾敬致慰念之忱」，稱他「不僅為中國好友，且為世界和平及人道正義之保障者」（三月一日南京中央社電）了。

然而李頓也應當感謝中國才好：第一，假使中國沒有「國際合作學說」，李頓爵士就很難找著適當的措辭來表示他的意思。豈非共管沒有了學理上的根據？第二，李頓爵士自己說的：「南京本可歡迎日本之扶助以拒共產潮流」，他就更應當對於中國當局的這種苦心孤詣表示誠懇的敬意。

但是，李頓爵士最近在巴黎的演說（路透社二月二十日巴黎電），卻提出了兩個問題，一個是：「中國前途，似繫於如何，何時及何人對於如此偉大人力予以國家意識的統一力量，日內瓦[3]乎，莫斯科乎？」還有一個是：「中國現在傾向日內瓦，但若日本堅持其現行政策，而日內瓦失敗，則中國縱非所願，亦將變更其傾向矣。」

這兩個問題都有點兒侮辱中國的國家人格。國家者政府也。李頓說中國還沒有「國家意識的統一力量」，甚至於還會變更其對於日內瓦之傾向！這豈不是不相信中國國家對於國聯的忠心，對於日本的苦心？

為著中國國家的尊嚴和民族的光榮起見，我們要想答覆李頓爵士已經好多天了，只是沒有相當的文件。這使人苦悶得很。今天突然在報紙上發現了一件寶貝，可以拿來答覆李大人：這就是「漢口警部三月一日的布告」。這裡可以找著「鐵一樣的事實」，來反駁李大人的懷疑。

例如這布告（原文見《申報》三月一日漢口專電）說：「在外資下勞力之勞工，如勞資間有未解決之正當問題，應稟請我主管機關代表為交涉或救濟，絕對不得直接交涉，違者拿辦，或受人利用，故意以此種手段，構成嚴重事態者，處死刑。」這是說外國資本家遇見「勞資間有未解決之正當問題」，可以直接任意辦理，而勞工方面如此這般者……就要處死刑。這樣一來，我們中國就只剩得「用國家意識統一了的」勞工了。因為凡是違背這「意識」的，都要請他離開中國的「國家」——到陰間去。李大人難道還能夠說中國當局不是「國家意識的統一力量」麼？

再則統一這個「統一力量」的，當然是日內瓦，而不是莫斯科。「中國現在傾向日內瓦」，——這是李頓大人自己說的。我們這種傾向十二萬分的堅定，例如那布告上也說：「如有奸民流痞受人誘買勾串，或直受驅使，或假託名義，以圖破壞秩序安寧，與構成其他不利於我國家社會之重大犯行者，殺無赦。」

這是保障「日內瓦傾向」的堅決手段，所謂「雖流血亦所不辭」。而且「日內瓦」是講世界和平的，因此，中國兩年以來都沒有抵抗，因為抵抗就要破壞和平；直到一二八，中國也不過裝出擋擋炸彈槍炮的姿勢；最近的熱河事變，中國方面也同樣的盡在「縮短陣線」[4]。不但如此，中國方面埋頭剿匪，已經宣誓在一兩個月內肅清匪共，「暫時」不管熱河。

這一切都是要證明「日本……見中國南方共產潮流漸起，為之焦慮」[5]是不必的，日本很可以無須親自出馬。中國方面這樣辛苦的忍耐的工作著，無非是為著要感動日本，使它悔悟，達到遠東永久和平的目的，國際資本可以在這裡分工合作。而李頓爵士要還懷疑中國會「變更其傾向」，這就未免太冤枉了。

總之，「處死刑，殺無赦」，是回答李頓爵士的懷疑的歷史文件。請放心罷，請扶助罷。

三月七日。

【注釋】

1 本篇最初發表於一九三三年三月九日《申報．自由談》，署名干。

2 李頓（V.Lytton，一八七六—一九四七），英國貴族。一九三二年四月，國際聯盟派他率領調查團，到我國東北調查九一八事件，同年十月二日發表所謂《國聯調查團報告書》（也稱《李頓報告書》），其中竟說日本在中國東北有「不容漠視」的「權利」及「利益」。日本侵入東北，是因為中國社會內部「紊亂」和中國人民「排外」使日本遭受「損害」；是由於蘇聯之「擴張」及「中國共產黨之發展」使日本「憂慮」。在《報告書》的第九章中，把孫中山早年關於引進外國技術、資金以幫助中國開發建設的主張加以歪曲引用，提出「以暫時的國際合作，促進中國之內部建設」，實際上是主張由帝國主義共同瓜分中國。《報告書》還荒謬地提出使東北從中國分割出去的「滿洲自治」主張。當時國民黨政府竟稱這一報告「明白公允」，對《報告書》原則表示接受。

3 瑞士西部日內瓦州的首府，國際聯盟總部所在地。這裡的意思是指英、法等帝國主義集團。

4 這是國民黨宣傳機構掩飾其作戰部隊潰退的用語。如《申報》一九三三年三月三日所載一則新聞標題為：「敵軍深入熱河省境，赤峰方面消息混沌，凌原我軍縮短防線。」

5 這也是李頓在巴黎演說中的話。

曲的解放[1]

「詞的解放」[2]已經有過專號，詞裡可以罵娘，還可以「打打麻將」。

曲為什麼不能解放，也來混賬混賬？不過，「曲」一解放，自然要「直」，——後臺戲搬到前臺——未免有失詩人溫柔敦厚[3]之旨，至於平仄不調，聲律乖謬，還在其次。

《平津會》雜劇

（生上）：連臺好戲不尋常：攘外期間安內忙。只恨熱湯[4]滾得快，未敲鑼鼓已收場。（唱）：〔短柱天淨紗〕[5]熱湯混賬——逃亡！

裝腔抵抗——何妨？

（旦上唱）：模仿中央榜樣：

——整裝西望，

商量奔向咸陽。

（生）：你你你……低聲！你看咱們那湯兒呀，他那裡無心串演，我這裡有口難分，一齣好戲，就此糟糕，好不麻煩人也！

（旦）：那有什麼：再來一齣「查辦」[6]好了。咱們一夫一婦，一正一副，也還夠唱的。

（生）：好罷！（唱）：「顛倒陽春曲」[7]人前指定可憎張[8]，罵一聲，不抵抗！

（旦背人唱）：百忙裡算甚糊塗賬？只不過假裝腔，便罵罵又何妨？

（丑攜包裹急上）：啊呀呀，噲噲不得了了！

（旦抱丑介）：我兒呀，你這麼心慌！你應當在前面多擋這麼幾擋，讓我們好收拾收拾。（唱）：

〔顛倒陽春曲〕背人摟定可憐湯，
罵一聲，枉抵抗。
戲臺上露甚慌張相？
只不過理行裝，
便等等又何妨？
（丑哭介）：你們倒要理行裝！我的行裝先就不全了，你瞧。（指包裹介。）
（旦）：我兒快快走扶桑[9]，
（生）：雷厲風行查辦忙。
（丑）：如此犧牲還值得，堂堂大漢有風光。（同下。）

三月九日。

【注釋】

1 本篇最初發表於一九三三年三月十二日《申報．自由談》，署名何家干。

2 一九三三年曾今可在他主編的《新時代月刊》上提倡所謂「解放詞」，該刊第四卷第一期（一九三三年二月）出版「詞的解放運動專號」，其中載有他作的《畫堂春》：

「一年開始日初長，客來慰我淒涼；偶然消遣本無妨，打打麻將。都喝乾杯中酒，國家事管他娘；樽前猶幸有紅妝，但不能狂。」

3 語見《禮記·經解》：「孔子曰：『……溫柔敦厚，詩教也。』」

4 雙關語，指當時熱河省主席湯玉麟。一九三三年二月二十一日日軍進攻熱河時，他倉皇逃跑。日軍於三月四日僅以一百餘人的兵力就占領了當時的省會承德。

5 短柱，詞曲中一種翻新出奇的調式，通篇一句兩韻或兩字一韻。《天淨紗》是「越調」中的曲牌名。

6 熱河失陷後，為了逃避人民的譴責，一九三三年三月七日，行政院決議將湯玉麟「免職查辦」，八日又下令「徹查嚴緝究辦」湯玉麟。

7 《陽春曲》，一名《喜春來》，是「中呂調」中的曲牌名。作者在《陽春曲》前用「顛倒」二字，含有詼諧、諷刺的意味。

8 指張學良。熱河失陷後，蔣介石曾把失地責任委罪於張學良。參看本書〈「有名無實」的反駁〉一文注1。

9 據《南史·東夷傳》：「扶桑在大漢國東二萬餘里。」舊時我國常以「扶桑」指稱日本。

文學上的折扣[1]

有一種無聊小報，以登載誣蔑一部分人的小說自鳴得意，連姓名也都給以影射的，忽然對於投稿，說是「如含攻訐個人或團體性質者恕不揭載」[2]了，便不禁想到了一些事——

凡我所遇見的研究中國文學的外國人中，往往不滿於中國文章之誇大。這真是雖然研究中國文學，恐怕到死也還不會懂得中國文學的外國人。倘是我們中國人，則只要看過幾百篇文章，見過十來個所謂「文學家」的行徑，又不是剛剛「從民間來」的老實青年，就決不會上當。因為我們慣熟了，恰如錢店夥計的看見鈔票一般，知道什麼是通行的，什麼是該打折扣的，什麼是廢票，簡直要不得。

譬如說罷，稱讚貴相是「兩耳垂肩」[3]，這時我們便至少將他打一個對折，覺得比通常也許大一點，可是絕不相信他的耳朵像豬玀一樣。說愁是「白髮三千丈」[4]，這時我們便至少將他打一個二萬扣，以為也許有七八尺，但絕不相信它會盤在頂上像一個大草囤。這種尺寸，雖然有些模糊，不過總不至於相差太遠。

反之，我們也能將少的增多，無的化有，例如戲臺上走出四個拿刀的瘦伶仃的小戲子，我們就知道這是十萬精兵；刊物上登載一篇儼乎其然的像煞有介事的文章，我們就知道字裡行間還有看不見的鬼把戲。

又反之，我們並且能將有的化無，例如什麼「枕戈待旦」呀，「臥薪嘗膽」呀，「盡忠報國」呀[5]，我們也就即刻會看成白紙，恰如還未定影的照片遇到了日光一般。

但這些文章，我們有時也還看。蘇東坡貶黃州時，無聊之至，有客來，便要他談鬼。客說沒有。東坡道：「你姑且胡說一通罷。」[6]我們的看，也不過這意思。但又可知道社會上有這樣的東西，是費去了多少無聊的眼力。人們往往以為打牌，跳舞有害，實則這種文章的害還要大，因為一不小心，就會給它教成後天的低能兒的。

《頌》詩[7]早已拍馬，《春秋》[8]已經隱瞞，戰國時談士蜂起，不是以危言聳聽，就是以美詞動聽，於是誇大，裝腔，撒謊，層出不窮。現在的文人雖然改著了洋服，而骨髓裡卻還埋著老祖宗，所以必須取消或折扣，這才顯出幾分真實。

「文學家」倘不用事實來證明他已經改變了他的誇大，裝腔，撒謊……的老脾氣，則即使對天立誓，說是從此要十分正經，否則天誅地滅，也還是徒勞的。因為我們也早已看慣了許多家都釘著「假冒王麻子[9]滅門三代」的金漆牌子的了，又何況他連小尾巴也還在搖搖搖呢。

三月十二日。

【注釋】

1 本篇最初發表於一九三三年三月十五日《申報．自由談》，署名何家干。

2 見一九三三年三月《大晚報》副刊《辣椒與橄欖》的徵稿啟事。《大晚報》連載的張若谷的「儒林新史」《婆漢迷》，是一部惡意編造的影射文化界人士的長篇小說，如以「羅無心」影射魯迅，「郭得富」影射郁達夫等。

3 語見《三國演義》第一回：「（劉備）生得身長八尺，兩耳垂肩，雙手過膝」。

4 語見李白詩《秋浦歌》第十五首：「白髮三千丈，緣愁似箇長。」

5 晉代劉琨的故事，見《晉書．劉琨傳》：「（琨）與親故書曰：『吾枕戈待旦，志梟逆虜，常恐祖生先吾著鞭。』」

「臥薪嘗膽」，「嘗膽」是春秋時越王勾踐的故事，見《史記．越王勾踐世家》：「（勾踐）苦身焦思，置膽於坐，坐臥即仰膽，飲食亦嘗膽也」；「臥薪」見宋代蘇軾的《擬孫權答曹操書》：「僕受遺以來，臥薪嘗膽。」後來講到越王勾踐故事時，習慣用「臥薪嘗膽」一語。

「盡忠報國」，宋代岳飛的故事，見《宋史．岳飛傳》：「飛裂裳以背示，鑄有『盡忠報國』四大字，深入膚理。」

以上三句話都是當時軍政要人在談話或通電中常引用的。

6 見宋代葉夢得《石林避暑錄話》卷一：「子瞻（蘇東坡）在黃州及嶺表，每旦起，不招客相與語，則必出而訪客。所與遊者亦不盡擇，各隨其人高下，談諧放蕩，不復為畛畦。有不能談者，則強之使說鬼，或辭無有，則曰『姑妄言之』，於是聞者無不絕倒，皆盡歡而去。」

7 指《詩經》中的《周頌》、《魯頌》、《商頌》，它們多是統治階級祭祖酬神用的作品。

8 相傳為孔丘根據魯國史官記事而編纂的一部魯國史書。據《春秋穀梁傳》成公九年：孔丘編《春秋》時，「為尊者諱恥，為賢者諱過，為親者諱疾。」

9 北京歷史悠久的著名刀剪舖，舊時冒它的牌號的舖子很多；有的冒牌者還在招牌上注明「假冒王麻子滅門三代」字樣。

迎頭經[1]

中國現代聖經[2]——迎頭經曰：「我們……要迎頭趕上去，不要向後跟著。」傳[3]曰：追趕總只有向後跟著，普通是無所謂迎頭追趕的，然而聖經決不會錯，更不會不通，何況這個年頭一切都是反常的呢。所以趕上偏偏說迎頭，向後跟著，那就說不行！

現在通行的說法是：「日軍所至，抵抗隨之」，至於收復失地與否，那麼，當然「既非軍事專家，詳細計畫，不得而知」。[4]不錯呀，「日軍所至，抵抗隨之」，這不是迎頭趕上是什麼！日軍一到，迎頭而「趕」：日軍到瀋陽，迎頭趕上北平；日軍到閘北，迎頭趕上真茹；日軍到山海關，迎頭趕上塘沽；日軍到承德，迎頭趕上古北口……以前有過行都洛陽，現在有了陪都西安，將來還有「漢族發源地」崑崙山——西方極樂世界。至於收復失地云云，則雖非軍事專家亦得而知焉，於經有之，曰「不要向後跟著」也。證之已往的上海戰事，每到日軍退守租界的時候，就要「嚴飭所部切勿越界一步」[5]。這樣，所謂迎頭趕上和勿向後跟，都是不但見於經典而且證諸實驗的真理了。右傳之一章。

傳又曰：迎頭趕和勿後跟，還有第二種的微言大義——

報載熱河實況曰：「義軍[6]皆極勇敢，認擾亂及殺戮日軍為興奮之事……唯張作相[7]接收義軍之消息發表後，張作相既不親往撫慰，熱湯又停止供給義軍汽油，運輸中斷，義軍大都失望，甚至有認替張作相立功為無謂者。」「日軍既至凌源，其時張作相已不在，吾人聞訊出走，熱湯扣車運物已成目擊之事實，證以日軍從未派飛機至承德轟炸……可知承德實為妥協之放棄。」（張慧沖[8]君在上海東北難民救濟會席上所談。）

雖然據張慧沖君所說，「享名最盛之義軍領袖，其忠勇之精神，未能悉如吾人之意想」，然而義軍的兵士的確是極勇敢的小百姓。正因為這些小百姓不懂得聖經，所以也不知道迎頭式的策略。於是小百姓自己就自然要碰見迎頭的抵抗了：熱湯放棄承德之後，北平軍委分會下令「固守古北口，如義軍有欲入口者，即開槍迎擊之」。這是說，我的「抵抗」只是隨日軍之所至，你要換個樣子去抵抗，我就抵抗你；何況我的退後是預先約好了的，你既不肯妥協，那就只有「不要你向後跟著」而要把你「迎頭趕上」梁山了。右傳之二章。

詩云：「惶惶」大軍，迎頭而奔，「嗤嗤」小民，勿向後跟！賦[9]也。

三月十四日。

這篇文章被檢查員所指摘，經過改正，這才能在十九日的報上登出來了。

原文是這樣的——

第三段「現在通行的說法」至「當然既」，原文為「民國廿二年春×三月某日[10]，當局談話曰：『日軍所至，抵抗隨之……至收復失地及反攻承德，須視軍事進展如何而定，餘』。」又「不得而知」下有注云：（《申報》三月十二日第三張）。

第五段「報載熱河……」上有「民國廿二年春×三月」九字。

三月十九夜記。

【注釋】

1 本篇最初發表於一九三三年三月十九日《申報．自由談》，署名何家干。

2 指孫中山的《三民主義》。「迎頭趕上去」等語，見該書《民族主義》第六講，原文為：「我們要學外國，是要迎頭趕上去，不要向後跟著他。譬如學科學，迎頭趕上去，便可以減少兩百多年的光陰。」

3 這裡是指闡釋經義的文字。

4 「日軍所至」等語，見一九三三年三月十二日《申報》載代理行政院長宋子文答記者問：「我無論如何抵抗到底。日軍所至，抵抗隨之」；「至於收復失地及反攻承德，須視軍事進展如何而定，余非軍事專家，詳細計劃，不得而知。」

5 一二八上海戰事後，政府為向日本侵略者求和，曾同意侵入中國國土的日軍暫撤至上海公共租界，並「嚴飭」中國軍隊不得越界前進。

6 指「九一八」後活動在東北三省、熱河一帶的抗日義勇軍。

7 張作相（一八八七—一九四九）遼寧義縣人，九一八事變時任吉林省政府主席、東北邊防軍副司令長官。

8 張慧沖（一八九八—一九六二）廣東中山人，魔術、電影演員。曾於一九三三年初赴熱河前線拍攝義勇軍抗日紀錄影片。這裡引用的是他自熱河回上海後於三月十一日的談話，載三月十二日《申報》。

9 《詩經》的表現手法之一，據唐代孔穎達《毛詩注疏》解釋，是「直陳其事」的意思。

10 這裡的「×」，是從《春秋》第一句「元年、春、王正月」套來的。據《春秋公羊傳》隱公元年解釋：「何言乎『王正月』？大一統也。」這裡用「×三月」，含有諷刺國民黨法西斯獨裁統治的意味。

「光明所到……」[1]

中國監獄裡的拷打，是公然的秘密。上月裡，民權保障同盟[2]曾經提起了這問題。

但外國人辦的《字林西報》就揭載了二月十五日的《北京通信》，詳述胡適博士曾經親自看過幾個監獄，「很親愛的」告訴這位記者，說「據他的慎重調查，實在不能得最輕微的證據，……他們很容易和犯人談話，有一次胡適博士還能夠用英國話和他們會談。監獄的情形，他（胡適博士——干注）說，是不能滿意的，但是，雖然他們很自由的（哦，很自由的——干注）訴說待遇的惡劣侮辱，然而關於嚴刑拷打，他們卻連一點兒暗示也沒有。……」

我雖然沒有隨從這回的「慎重調查」的光榮，但在十年以前，是參觀過北京的模範監獄的。雖是模範監獄，而訪問犯人，談話卻很不「自由」，中隔一窗，彼此相距約三尺，旁邊站一獄卒，時間既有限制，談話也不准用暗號，更何況外國話。

而這回胡適博士卻「能夠用英國話和他們會談」，真是特別之極了。莫非中國的監獄竟已經改良到這地步，「自由」到這地步；還是獄卒給「英國話」嚇倒了，以為胡適博士是李頓爵士的同鄉，很有來歷的緣故呢？

幸而我這回看見了《招商局三大案》[3]上的胡適博士的題辭：

「公開檢舉，是打倒黑暗政治的唯一武器，光明所到，黑暗自消。」（原無新式標點，這是我僭加的——干注。）

我於是大徹大悟。監獄裡是不准用外國話和犯人會談的，但胡適博士一到，就開了特例，因為他能夠「公開檢舉」，他能夠和外國人「很親愛的」談話，他就是「光明」，所以「光明」所到，「黑暗」就「自消」了。他於是向外國人「公開檢舉」了民權保障同盟，「黑暗」倒在這一面。

但不知這位「光明」回府以後，監獄裡可從此也永遠允許別人用「英國話」

和犯人會談否？

如果不准，那就是「光明一去，黑暗又來」了也。而這位「光明」又因為大學和庚款委員會[4]的事務忙，不能常跑到「黑暗」裡面去，在第二次「慎重調查」監獄之前，犯人們恐怕未必有「很自由的」再說「英國話」的幸福了罷。嗚呼，光明只跟著「光明」走，監獄裡的光明世界真是暫時得很！

但是，這是怨不了誰的，他們千不該萬不該是自己犯了「法」。「好人」[5]就決不至於犯「法」。倘有不信，看這「光明」！

三月十五日。

【注釋】

1 本篇最初發表於一九三三年三月二十二日《申報．自由談》，署名何家干。

2 全稱「中國民權保障同盟」。一九三二年十二月由宋慶齡、蔡元培、魯迅、楊銓等發起組織的進步團體；總會設上海，繼又在上海、北平成立分會。該組織反對國民黨的法西斯統治，積極援助政治犯，爭取集會、結社、言論、出版等自由。它曾對國民黨監獄中的黑暗實況進行調查並向社會揭露，因此遭受國民黨反動派的忌恨和迫害。

3 李孤帆著，一九三三年二月上海現代書局出版。李孤帆曾任招商局監督處秘書、總管理處赴外稽核；一九二八年參加稽查天津、漢口招商局分局舞弊案，一九三〇年參加調查招商局附設的積餘公司獨立案，後將三案內容編成此書。

招商局，即輪船招商局，舊中國最大的航運公司，清同治十一年（西元一八七二）十一月由李鴻章創辦的名為官督商辦的企業。一九三二年後成為國民黨官僚資本主義的產業。

4 一九〇〇年（庚子）八國聯軍侵入中國，強迫清政府於次年訂立《辛丑條約》。其中規定付給各國「償款」海關銀四億五千萬兩，分三十九年還清，年息四釐，通稱「庚子賠款」。後來，美、英、法、日等帝國主義先後將部分賠款「退還」，用以「資助」中國教育事業等，並分別成立了管理這項款務的機構。胡適曾任中英庚款顧問委員會的中國委員及管理美國庚款的中華教育文化基金董事會董事兼秘書，握有該會實權。

5 一九二二年五月，胡適曾在他主持的《努力周報》第二期上提出「好政府」的主張，宣傳由幾個「好人」、「社會上的優秀分子」「加入政治運動」，組成「好政府」，中國就可得救。

止哭文學[1]

前三年，「民族主義文學」家敲著大鑼大鼓的時候，曾經有一篇《黃人之血》[2]說明了最高的願望，是在追隨成吉思皇帝的孫子拔都元帥[3]之後，去剿滅「斡羅斯」。斡羅斯者，今之蘇俄也。那時就有人指出，說是現在的拔都的大軍，就是日本的軍馬，而在「西征」之前，尚須先將中國征服，給變成從軍的奴才。

當自己們被征服時，除了極少數人以外，是很苦痛的。這實例，就如東三省的淪亡，上海的爆擊[4]，凡是活著的人們，毫無悲憤的怕是很少很少罷。但這悲憤，於將來的「西征」是大有妨礙的。於是來了一部《大上海的毀滅》，用數目字告訴讀者以中國的武力，決定不如日本，給大家平平心；而且以為活著不如死亡（「十九路軍死，是警告我們活得可憐，無趣！」），但勝利又不如敗退（「十九路軍勝利，只能增加我們苟且，偷安與驕傲的迷夢！」）。總之，戰死是好的，但戰敗尤其好，上海之役，正是中國的完全的成功。

現在第二步開始了。據中央社消息，則日本已有與滿洲國簽訂一種「中華聯邦帝國密約」之陰謀。那方案的第一條是：「現在世界只有兩種國家，一種係資本主義，英，美，日，意，法，一種係共產主義，蘇俄。現在要抵制蘇俄，非中日聯合起來……不能成功」云（詳見三月十九日《申報》）。

要「聯合起來」了。這回是中日兩國的完全的成功，是從「大上海的毀滅」走到「黃人之血」路上去的第二步。

固然，有些地方正在爆擊，上海卻自從遭到爆擊之後，已經有了一年多，但有些人民不悟「西征」的必然的步法，竟似乎還沒有完全忘掉前年的悲憤。這悲憤，和目前的「聯合」就大有妨礙的。在這景況中，應運而生的是給人們一點爽利和慰安，好像「辣椒和橄欖」的文學。這也許正是一服苦悶的對症藥罷。為什麼呢？就因為是「辣椒雖辣，辣不死人，橄欖雖苦，苦中有味」[5]的。明乎此，也就知道苦力為什麼吸鴉片。

而且不獨無聲的苦悶而已，還據說辣椒是連「討厭的哭聲」也可以停止的。王慈先生在《提倡辣椒救國》這一篇名文裡告訴我們說：

「……還有北方人自小在母親懷裡，大哭的時候，倘使母親拿一隻辣茄子給小兒咬，很靈驗的可以立止大哭……

「現在的中國，彷彿是一個在大哭時的北方嬰孩，倘使要制止他討厭的哭聲，只要多多的給辣茄子他咬。」（《大晚報》副刊第十二號）

辣椒可以止小兒的大哭，真是空前絕後的奇聞，倘是真的，中國人可實在是一種與眾不同的特別「民族」了。然而也很分明的看見了這種「文學」的企圖，是在給人一辣而不死，「制止他討厭的哭聲」，靜候著拔都元帥。

不過，這是無效的，遠不如哭則「格殺勿論」的靈驗。此後要防的是「道路以目」[6]了，我們等待著遮眼文學罷。

三月二十日。

【備考】

提倡辣椒救國

王慈

記得有一次跟著一位北方朋友上天津點心館子裡去，坐定了以後，堂倌跑過來問道：「老鄉！吃些什麼東西？」

「兩盤鍋貼兒！」那位北方朋友用純粹的北方口音說。

隨著鍋貼兒端來的，是一盆辣椒。

我看見那位北方朋友把鍋貼和著多量的辣椒津津有味的送進嘴裡去，觸起了我的好奇心，探險般的把一個鍋貼悄悄的蘸上一點兒辣椒，送下肚去，只覺得舌尖頓時麻木得失了知覺，喉間癢辣得怪難受，眼眶裡不自主湧著淚水，這時，我大大的感覺到痛苦。

那位北方朋友看見了我這個樣子，大笑了起來，接著他告訴我，北方人的善吃辣椒是出於天性，他們是抱著「飯菜可以不要，辣椒不能不吃」的主義的；他們對於辣椒已經是彷彿吸鴉片似的上了癮！還有北方人自小在母親懷裡，大哭的時候，倘使母親拿一隻辣茄子給小兒咬，很靈驗的可以立止大哭……

現在的中國，彷彿是一個大哭時的北方嬰孩，倘使要制止他討厭的哭聲，只要多多的給辣茄子他咬。

中國的人們，等於我的那位北方朋友，不吃辣椒是不會興奮的！

三月十二日，《大晚報》副刊《辣椒與橄欖》。

【硬要用辣椒止哭】

不要亂咬人

當心咬著辣椒

家干

上海近來多了趙大爺趙秀才一批的人，握了尺棒，拚命想找到「阿Q相」的人來出氣。還好，這一批文人從有色的近視眼鏡裡望出來認為「阿Q相」的，偏偏不是真正的阿Q。

不知道是什麼來歷的何家干，看了我的《提倡辣椒救國》（見本刊十二號），認北方小孩的愛嗜辣椒，為「空前絕後」的「奇聞」。倘使我那位北方朋友告訴我，是吹的牛皮，那末，的確可以說空前。而何家干既不是數千年前的劉伯溫，在某報上做文章，卻是像在造《推背圖》。北方小孩子愛嗜辣椒，若使可以算是「奇聞」，那麼吸鴉片的父母，生育出來的嬰孩，為什麼也有煙癮呢？

何家干既抓不到可以出氣的對象，他在撲了一個空之後，卻還要振振有詞，說什麼：「倘使是真的，中國人可實在是一種與眾不同的特別民族了。」敢問何家干，戴了有色近視眼鏡捧讀《提倡辣椒救國》的時候，有沒有看見「北方」兩個字？（何家干既把有這兩個字的句子錄在他的談話裡，顯然的是看到了。）既已看到了，那末，請問斯德丁是不是可以代表整個的日爾曼？亞伯丁是不是可以代表整個的不列顛群島？在這裡我真懷疑，何家干的腦筋，怎的是這麼簡單？會前後矛盾到這個地步！

趙大爺和趙秀才一類的人，想結黨來亂咬人。我可以先告訴他們：我和《辣椒與橄欖》的編者是素不相識的，我也從沒有寫過《黃人之血》，請何家干若使一定要咬我一口，我勸他再架一副可以透視的眼鏡，認清了目標再咬。否則咬著了辣椒，哭笑不得的時候，我不能負責。

三月二十八日，《大晚報》副刊《辣椒與橄欖》。

【但到底是不行的】
這叫作愈出愈奇

家干

斯德丁[7]實在不可以代表整個的日爾曼的，北方也實在不可以代表全中國。然而北方的孩子不能用辣椒止哭，卻是事實，也實在沒有法子想。

吸鴉片的父母生育出來的嬰孩，也有煙癮，是的確的。然而嗜辣椒的父母生育出來的嬰孩，卻沒有辣椒癮，和嗜醋者的孩子沒有醋癮相同。這也是事實，無論誰都沒有法子想。

凡事實，靠發少爺脾氣是還是改不過來的。格里萊阿[8]說地球在回旋，教徒要燒死他，他怕死，將主張取消了。但地球仍然在回旋。為什麼呢？就因為地球是實在在回旋的緣故。

所以，即使我不反對，倘將辣椒塞在哭著的北方（！）孩子的嘴裡，他不但不止，還要哭得更加厲害的。

七月十九日。

【注釋】

1 本篇最初發表於一九三三年三月二十四日《申報·自由談》，署名何家干。

2 黃震遐作的鼓吹反共賣國的詩劇，發表於《前鋒月刊》第一卷第七期（一九三一年四月）。魯迅在《二心集·「民族主義文學」的任務和運命》一文中，曾給予揭露和批判。

3 成吉思皇帝（一一六二——一二二七），名鐵木真，古代蒙古族的領袖。十三世紀初統一了蒙古族各部落，建立蒙古汗國，被擁戴為王，稱成吉思汗；一二七九年忽必烈滅南宋建立元朝後，被追尊為元太祖。他的孫子拔都（一二〇九——一二五六），於一二三五年至一二四四年先後率軍西征，侵入俄羅斯和歐洲一些國家。

4 日語：轟炸的意思。

5 這是一九三三年三月十二日《大晚報辣椒與橄欖》上編者的話，題為《我們的格言》。

6 語見《國語·周語》：周厲王暴虐無道，「國人莫敢言，道路以目」。據三國時吳國韋昭注，即「不敢發言，以目相眄而已」。

7 斯德丁（Stettin），歐洲中部奧德河口的城市，古屬波蘭，曾為普魯士佔有，一九三三年時屬德國，一九四五年歸還波蘭人民共和國，今名什切青（Szczecin）。

8 格里萊阿（G.Galileo，一五六四——一六四二）通譯伽俐略，義大利物理學家、天文學家。一六三二年他發表《關於兩種世界體系對話》，反對教會信奉的托勒密地球中心說，證實和發展了哥白尼的地球圍繞太陽旋轉的「日心說」，因此於一六三三年被羅馬教廷宗教裁判所判罪，軟禁終身。

「人話」[1]

記得荷蘭的作家望藹覃（F.Van Eeden）[2]——可惜他去年死掉了——所做的童話《小約翰》裡，記著小約翰聽兩種菌類相爭論，從旁批評了一句「你們倆都是有毒的」，菌們便驚喊道：「你是人麼？這是人話呵！」

從菌類的立場看起來，的確應該驚喊的。人類因為要吃它們，才首先注意於有毒或無毒，但在菌們自己，這卻完全沒有關係，完全不成問題。

雖是意在給人科學知識的書籍或文章，為要講得有趣，也往往太說些「人話」。這毛病，是連法布耳（J.H.Fabre）[3]做的大名鼎鼎的《昆蟲記》（Souvenirs Entomologiques），也是在所不免的。隨手抄撮的東西不必說了。近來在雜誌上偶然看見一篇教青年以生物學上的知識的文章[4]，內有這樣的敘述——

「鳥糞蜘蛛……形體既似鳥糞，又能伏著不動，自己假做鳥糞的樣子。」

「動物界中，要殘食自己親丈夫的很多，但最有名的，要算前面所說的蜘蛛和現今要說的螳螂了。……」

這也未免太說了「人話」。鳥糞蜘蛛只是形體原像鳥糞，性又不大走動罷了，並非牠故意裝作鳥糞模樣，意在欺騙小蟲豸。螳螂界中也尚無五倫[5]之說，牠在交尾中吃掉雄的，只是肚子餓了，在吃東西，何嘗知道這東西就是自己的家主公。但經用「人話」一寫，一個就成了陰謀害命的凶犯，一個是謀死親夫的毒婦了。實則都是冤枉的。

「人話」之中，又有各種的「人話」：有英人話，有華人話。華人話中又有各種：有「高等華人話」，有「下等華人話」。浙西有一個譏笑鄉下女人之無知的笑話——「是大熱天的正午，一個農婦做事做得正苦，忽而嘆道：『皇后娘娘真不知道多麼快活。這時還不是在床上睡午覺，醒過來的時候，就叫道：太監，拿個柿餅來！』」

然而這並不是「下等華人話」，倒是高等華人意中的「下等華人話」，所以其實是「高等華人話」。在下等華人自己，那時也許未必這麼說，即使這麼說，也並不以為笑話的。

再說下去，就要引起階級文學的麻煩來了，「帶住」。

現在很有些人做書，格式是寫給青年或少年的信。自然，說的一定是「人話」了。但不知道是那一種「人話」？為什麼不寫給年齡更大的人們？年齡大了就不屑教誨麼？還是青年和少年比較的純厚，容易誆騙呢？

三月二十一日。

【注釋】

1 本篇最初發表於一九三三年三月二十八日《申報．自由談》，署名何家干。

2 望．藹覃（一八六〇—一九三二）荷蘭作家、醫生。《小約翰》發表於一八八五年，一九二七年曾由魯迅譯成中文，一九二八年北平未名社出版。菌類的爭論見於該書第五章。

3 法布耳（一八二三—一九一五）法國昆蟲學家。他的《昆蟲記》共十卷，第一卷於一八七九年出版，第十卷於一九一〇年出版，是一部介紹昆蟲生活情態的書。

4 指一九三三年三月號《中學生》刊載的王歷農《動物的本能》一文。

5 封建社會稱君臣、父子、夫婦、兄弟、朋友五種關係為「五倫」，《孟子．滕文公》中說這五種關係的準則是「父子有親，君臣有義，夫婦有別，長幼有序，朋友有信」。

出賣靈魂的秘訣[1]

幾年前，胡適博士曾經玩過一套「五鬼鬧中華」[2]的把戲，那是說：這世界上並無所謂帝國主義之類在侵略中國，倒是中國自己該著「貧窮」，「愚昧」……等五個鬼，鬧得大家不安寧。現在，胡適博士又發現了第六個鬼，叫做仇恨。這個鬼不但鬧中華，而且禍延友邦，鬧到東京去了。因此，胡適博士對症發藥，預備向「日本朋友」上條陳。

據博士說：「日本軍閥在中國暴行所造成之仇恨，到今日已頗難消除」，「而日本決不能用暴力征服中國」（見報載胡適之的最近談話，下同）。這是值得憂慮的：難道真的沒有方法征服中國麼？不，法子是有的。「九世之仇，百年之友，均在覺悟不覺悟之關係頭上，」——「日本只有一個方法可以征服中國，即懸崖勒馬，徹底停止侵略中國，反過來征服中國民族的心。」

這據說是「征服中國的唯一方法」。不錯，古代的儒教軍師，總說「以德服人者王，其心誠服也」[3]。胡適博士不愧為日本帝國主義的軍師。但是，從中國小百姓方面說來，這卻是出賣靈魂的唯一秘訣。中國小百姓實在「愚昧」，原不懂得自己的「民族性」，所以他們一向會仇恨，如果日本陛下大發慈悲，居然採用胡博士的條陳，那麼，所謂「忠孝仁愛信義和平」的中國固有文化，就可以恢復：——因為日本不用暴力而用軟功的王道，中國民族就不至於再生仇恨，因為沒有仇恨，自然更不抵抗，因為更不抵抗，自然就更和平，更忠孝……中國的肉體固然買到了，中國的靈魂也被征服了。

可惜的是這「唯一方法」的實行，完全要靠日本陛下的覺悟。如果不覺悟，那又怎麼辦？胡博士回答道：「到無可奈何之時，真的接受一種恥辱的城下之盟」好了。那真是無可奈何的呵——因為那時候「仇恨鬼」是不肯走的，這始終是中國民族性的汙點，即為日本計，也非萬全之道。因此，胡博士準備出席太平洋會議[4]，再去「忠告」一次他的日本朋友：征服中國並不是沒有法子的，請接受我們出賣的靈魂罷，何況這並不難，所謂「徹底停止侵略」，原只要執行「公平的」李頓報告——仇恨自然就消除了！

三月二十二日。

【注釋】

1 本篇最初發表於一九三三年三月二十六日《申報．自由談》，署名何家干。

2 胡適在《新月》月刊第二卷第十期（一九三〇年四月）發表《我們走那條路》一文，為帝國主義侵略中國和國民黨反動統治作辯護，認為危害中國的是「五個大仇敵：第一大敵是貧窮。第二大敵是疾病。第三大敵是愚昧。第四大敵是貪汙。第五大敵是擾亂。這五大仇敵之中，資本主義不在內，……封建勢力也不在內，因為封建制度早已在二千年前崩壞了。帝國主義也不在內，因為帝國主義不能侵害那五鬼不入之國」。

3 語出《孟子．公孫丑》：「以德行仁者王。……以力服人者，非心服也，力不贍也。以德服人者，中心悅而誠服也。」

4 指太平洋學術會議，又稱泛太平洋學術會議，自一九二〇年在美國檀香山首次召開後，每隔數年舉行一次。這裡所指胡適準備出席的是一九三三年八月在加拿大溫哥華舉行的第五次會議。上面文中所引胡適關於「日本決不能用暴力征服中國」等語，都是他就這次會議的任務等問題，於三月十八日在北平對新聞記者發表談話時所說，見一九三三年三月二十二日《申報》。

文人無文[1]

在一種姓「大」的報的副刊上，有一位「姓張的」在「要求中國有為的青年，切勿借了『文人無行』的幌子，犯著可詬病的惡癖。」[2]這實在是對透了的。但那「無行」的界說，可又嚴緊透頂了。據說：「所謂無行，並不一定是指不規則或不道德的行為，凡一切不近人情的惡劣行為，也都包括在內。」

接著就舉了一些日本文人的「惡癖」的例子，來作中國的有為的青年的殷鑒，一條是「宮地嘉六[3]愛用指爪搔頭髮」，還有一條是「金子洋文[4]喜舐嘴唇」。

自然，嘴唇乾和頭皮癢，古今的聖賢都不稱它為美德，但好像也沒有斥為惡德的。不料一到中國上海的現在，愛搔喜舐，即使是自己的嘴唇和頭髮罷，也成了「不近人情的惡劣行為」了。如果不舒服，也只好熬著。要做有為的青年或文人，真是一天一天的艱難起來了。

但中國文人的「惡癖」，其實並不在這些，只要他寫得出文章來，或搔或舐，都不關緊要，「不近人情」的並不是「文人無行」，而是「文人無文」。我們在兩三年前，就看見刊物上說某詩人到西湖吟詩去了，某文豪在做五十萬字的小說了，但直到現在，除了並未豫告的一部《子夜》[5]而外，別的大作都沒有出現。

拾些瑣事，做本隨筆的是有的；改首古文，算是自作的是有的。講一通昏話，稱為評論；編幾張期刊，暗捧自己的是有的。收羅猥談，寫成下作；聚集舊文，印作評傳的是有的。甚至於翻些外國文壇消息，就成為世界文學史家；湊一本文學家辭典，連自己也塞在裡面，就成為世界的文人的也有。然而，現在到底也都是中國的金字招牌的「文人」。

文人不免無文，武人也一樣不武。說是「枕戈待旦」的，到夜還沒有動身，說是「誓死抵抗」的，看見一百多個敵兵就逃走了。只是通電宣言之類，卻大做其駢體，「文」得異乎尋常。「偃武修文」[6]，古有明訓，文星[7]全照到營子裡去了。於是我們的「文人」，就只好不舐嘴唇，不搔頭髮，揣摩人情，單落得一個「有行」完事。

三月二十八日。

【備考】

惡癖

若谷

「文人無行」久為一般人所詬病。所謂「無行」，並不一定是不規則或不道德的行為，凡一切不近人情的惡劣行為，也都包括在內。

只要是人，誰都容易沾染不良的習慣，特別是文人，因為專心文字著作的緣故，在日常生活方面，自然免不了有怪異的舉動，而且，或者也因為工作勞苦的緣故，十人中九人是染著不良嗜好，最普通的，是喜歡服用刺激神經的興奮劑，捲煙與咖啡，是成為現代文人流行的嗜好品了。

現代的日本文人，除了抽煙喝咖啡之外，各人都犯著各樣的怪奇惡癖。前田河廣一郎愛酒若命，醉後呶嗚不休；谷崎潤一郎愛聞女人的體臭和嘗女人的痰涕；今東光喜歡自炫學問宣傳自己；金子洋文喜舐嘴唇；細田源吉喜作猥談，朝食後熟睡二小時；宮地嘉六愛用指爪搔頭髮；宇野浩二醺醉後侮慢侍妓；林房雄有姦通癖；山本有三乘電車時喜橫膝斜坐；勝本清一郎談話時喜用拇指挖鼻孔。形形色色，不勝枚舉。

日本現代文人所犯的惡癖，正和中國舊時文人辜鴻銘喜聞女人金蓮同樣的可厭，我要求現代中國有為的青年，不但是文人，都要保持著健全的精神，切勿借了「文人無行」的幌子，再犯著和日本文人同樣可詬病的惡癖。

三月九日，《大晚報》副刊《辣椒與橄欖》。

【風涼話？】

第四種人

周木齋

四月四日《申報》《自由談》，載有何家干先生《文人無文》一文，論中國的文人，有云：

「『不近人情』的並不是『文人無行』，而是『文人無文』。拾些瑣事，做本隨筆的是有的；改首古文，算是自作的是有的。進一通昏話，稱為評論；編幾張期刊，暗捧自己的是有的；收羅猥談，寫成下作；聚集舊文，印作評傳的是有的。甚至於翻些外國文壇消息，就成為世界文學史專家；湊一本文學家辭典，連自己也塞在裡面，就成為世界的文人的也有。然而，現在到底也都是中國的金字招牌的文人。」

誠如這文所說，「這實在是對透了的」。

然而例外的是：

「直到現在，除了並未預告的一部《子夜》而外，別的大作卻沒有出現。」

「文」的「界說」，也可借用同文的話，「可又嚴謹透頂了」。

這文的動機，從開首的幾句，可以知道直接是因「一種姓『大』的副刊上一位『姓×的』」關於「文人無行」的話而起的。此外，聽說「何家干」就是魯迅先生的筆名。

可是議論雖「對透」，「文」的「界說」雖「嚴緊透頂」，但正惟因為這樣，卻不提防也把自己套在裡面了；縱然魯迅先生是以「第四種人」自居的。

中國文壇的充實而又空虛，無可諱言也不必諱言。不過在矮子中間找長人，比較還是有的。我們企望先進比企圖誰某總要深切些，正因熟田比荒地總要容易收穫些。以魯迅先生的素養及過去的造就，總還不失為中國的金鋼鑽招牌的文人吧。但近年來又是怎樣？單就他個人的發展而言，卻中斷了，現在不下一道罪己詔，頂倒置身事外，說些風涼話，這是「第四種人」了。名的成人！

「不近人情」的固是「文人無文」，最要緊的還是「文人不行」（「行」為動詞）。「進，吾往也！」

四月十五日，《濤聲》二卷十四期。

【乘涼】

兩誤一不同

家干

這位木齋先生對我有兩種誤解，和我的意見有一點不同。

第一是關於「文」的界說。我的這篇雜感，是由《大晚報》副刊上的《惡癖》而來的，而那篇中所舉的文人，都是小說作者。這事木齋先生明明知道，現在混而言之者，大約因為作文要緊，顧不及這些了罷，《第四種人》這題目，也實在時新得很。

第二是要我下「罪己詔」。我現在作一個無聊的聲明：何家干誠然就是魯迅，但並沒有做皇帝。不過好在這樣誤解的人們也並不多。

意見不同之點，是：凡有所指責時，木齋先生以自己包括在內為「風涼話」；我以自己不包括在內為「風涼話」，如身居上海，而責北平的學生應該赴難，至少是不逃難之類。

但由這一篇文章，我可實在得了很大的益處。就是：凡有指摘社會全體的癥結的文字，論者往往謂之「罵人」。先前我是很以為奇的。至今才知道一部分人們的意見，是認為這類文章，決不含自己在內，因為如果兼包自己，是應該自下罪己詔的，現在沒有詔書而有攻擊，足見所指責的全是別人了，於是乎謂之「罵」。且從而群起而罵之，使其人背著一切所指摘的癥結，沉入深淵，而天下於是乎太平。

七月十九日。

【注釋】

1 本篇最初發表於一九三三年四月四日《申報・自由談》，署名何家干。
2 指《大晚報辣椒與橄欖》上張若谷的《惡癖》一文，原文見本篇「備考」。
3 宮地嘉六（一八八四—一九五八），日本小說家。工人出身，曾從事工人運動。作品有《煤煙的臭味》、《一個工人的筆記》等。
4 日本小說家、劇作家。早期曾參加日本無產階級文學運動。作品有小說《地獄》、劇本《槍火》等。
5 長篇小說，茅盾著。一九三三年一月上海開明書店出版。
6 語見《尚書・武成》：「王來自商；至於豐，乃偃武修文。」
7 即文曲星，又稱文昌星，舊時傳說中主宰文運的星宿。
8 周木齋指責學生逃難的話，參看本書〈逃的辯護〉一文注5。

最藝術的國家[1]

我們中國的最偉大最永久，而且最普遍的「藝術」是男人扮女人。這藝術的可貴，是在於兩面光，或謂之「中庸」——男人看見「扮女人」，女人看見「男人扮」。表面上是中性，骨子裡當然還是男的。然而如果不扮，還成藝術麼？

譬如說，中國的固有文化是科舉制度，外加捐班[2]之類。當初說這太不像民權，不合時代潮流，於是扮成了中華民國。然而這民國年久失修，連招牌都已經剝落殆盡，彷彿花旦臉上的脂粉。同時，老實的民眾真個要起政權來了，竟想革掉科甲出身和捐班出身的參政權。這對於民族是不忠，對於祖宗是不孝，實屬反動之至。

現在早已回到恢復固有文化的「時代潮流」，那能放任這種不忠不孝。因此，更不能不重新扮過一次[3]，草案[4]如下：

第一，誰有代表國民的資格，須由考試決定。

第二，考出了舉人之後，再來挑選一次，此之謂選（動詞）舉人；而被挑選的舉人，自然是被選舉人了。照文法而論，這樣的國民大會的選舉人，應稱為「選舉人者」，而被選舉人，應稱為「被選之舉人」。但是，如果不扮，還成藝術麼？因此，他們得扮成憲政國家[5]的選舉的人和被選舉人，雖則實質上還是秀才和舉人。

這草案的深意就在這裡：叫民眾看見是民權，而民族祖宗看見是忠孝——忠於固有科舉的民族，孝於制定科舉的祖宗。此外，像上海已經實現的民權，是納稅的方有權選舉和被選，使偌大上海只剩四千四百六十五個大市民。[6]這雖是捐班——有錢的為主，然而他們一定會考中舉人，甚至不補考也會賜同進士出身[7]的，因為洋大人膝下的榜樣，理應遵照，何況這也並不是一面違背固有文化，一面又扮得很像憲政民權呢？此其一。

其二，一面交涉，一面抵抗[8]：從這一方面看過去是抵抗，從那一面看過來其實是交涉。

其三，一面做實業家，銀行家，一面自稱「小貧[9]而已」。

其四，一面日貨銷路復旺，一面對人說是「國貨年」[10]……諸如此類，不勝枚舉，而大都是扮演得十分巧妙，兩面光滑的。

呵，中國真是個最藝術的國家，最中庸的民族。

然而小百姓還要不滿意，嗚呼，君子之中庸，小人之反中庸也[11]！

三月三十日。

【注釋】

1 本篇最初發表於一九三三年四月二日《申報．自由談》，署名何家干。

2 指不經科舉考試，而用錢財換得官職或做官的資格。清代曾明定價格，實行直接用銀錢捐官的制度。

3 指一九三三年春蔣介石提出「制定憲法草案」和「召開國民大會」。一九三一年五月國民黨政府曾開過一次「國民會議」，公布過所謂「訓政時期約法」，所以這裡說「重新扮過一次」。

4 指一九三三年三月二十四日國民黨政府憲法草案起草委員會擬定的關於「國民大會組織」的草

案。其中第三條規定：「中華民國之國民，年滿二十歲者，有選舉代表權，年滿三十歲經考試及格者，有被選舉代表權。」

5 孫中山在所著《建國大綱》中，劃分「建國」程序為「軍政」、「訓政」、「憲政」三個時期。主張到憲政時期召開國民大會，頒布憲法，成立民選政府。

6 這裡說的上海，指當時的上海公共租界。上海公共租界自一九二八年起，准許由「高等華人」組織的「納稅華人會」選舉華人董事三人（一九三〇年起增至五人）、華人委員六人參加租界的行政機關工部局。「納稅華人會」章程規定有下列資格的可為會員並有選舉權：一、所執產業地價在五百兩（按指銀兩）以上者；二、每年納房捐或地捐十兩以上者；三、每年付房租在五百兩以上而付捐者（按上海公共租界規定出租房產的房捐，由租用者負擔）。有下列資格並住公共租界五年以上者，可以被選為「納稅華人會」代表大會代表及被推選為工部局的華人董事、華人委員：一、年付房地各捐在五十兩以上；二、年付房租一千二百兩以上而付捐者。本文所說的「四千四百六十五個大市民」，是指一九三三年三月二十七日「納稅華人會」市民組舉行第十二屆選舉時，按上述條件統計的會員數，其中有選舉權者二千一百七十五人，有被選舉權者二千二百九十人。

7 明、清科舉制度規定，舉人經會試考中後又經殿試考中的，分為三甲：一甲賜進士及第，二甲賜進士出身，三甲賜同進士出身。

8 一二八戰事後，蔣介石、汪精衛曾以「一面交涉，一面抵抗」為飾詞，掩蓋他們與日本帝國主義進行勾結、執行不抵抗政策的真相。如一九三二年二月，汪精衛在徐州演講中談中日外交問題時，便說要「一面抵抗，一面交涉」，並解釋說「因為不能戰，所以抵抗；因為不能和，所以交涉，是以抵抗和交涉並行。」

9 這個詞見於孫中山所著《三民主義》一書中《民生主義》第二講：「中國人所謂貧富不均，不過在貧的階級之中，分出大貧與小貧。其實中國的頂大資本家，和外國資本家比較，不過是一個小貧。」孫中山的意思在於説明中國民族資本主義受著外國資本主義的排斥和打擊，因而難以發展。

10 上海工商界曾把一九三三年定為「國貨年」，並於該年元旦舉行遊行大會，進行宣傳。

11 語出《禮記・中庸》：「仲尼曰：『君子中庸，小人反中庸。』」

現代史[1]

從我有記憶的時候起，直到現在，凡我所曾經到過的地方，在空地上，常常看見有「變把戲」的，也叫作「變戲法」的。

這變戲法的，大概只有兩種——一種，是教一個猴子戴起假面，穿上衣服，要一通刀槍；騎了羊跑幾圈。還有一匹用稀粥養活，已經瘦得皮包骨頭的狗熊玩一些把戲。末後是向大家要錢。

一種，是將一塊石頭放在空盒子裡，用手巾左蓋右蓋，變出一隻白鴿來；還有將紙塞在嘴巴裡，點上火，從嘴角鼻孔裡冒出煙焰。其次是向大家要錢。要了錢之後，一個人嫌少，裝腔作勢的不肯變了，一個人來勸他，對大家說再五個。

果然有人拋錢了，於是再四個，三個……

拋足之後，戲法就又開了場。這回是將一個孩子裝進小口的罈子裡面去，只見一條小辮子，要他再出來，又要錢。收足之後，不知怎麼一來，大人用尖刀將孩子刺死了，蓋上被單，直挺挺躺著，要他活過來，又要錢。

「在家靠父母，出家靠朋友……Huazaa！Huazaa！[2]」變戲法的裝出撒錢的手勢，嚴肅而悲哀的說。

別的孩子如果走近去想仔細的看，他是要罵的；再不聽，他就會打。

果然有許多人 Huazaa 了。待到數目和預料的差不多，他們就撿起錢來，收拾傢伙，死孩子也自己爬起來，一同走掉了。

看客們也就呆頭呆腦的走散。

這空地上，暫時是沉寂了。過了些時，就又來這一套。俗語說，「戲法人人會變，各有巧妙不同。」其實是許多年間，總是這一套，也總有人看，總有人 Huazaa，不過其間必須經過沉寂的幾日。

我的話說完了，意思也淺得很，不過說大家 Huazaa Huazaa 一通之後，又要靜幾天了，然後再來這一套。

到這裡我才記得寫錯了題目，這真是成了「不死不活」的東西。

四月一日。

【注釋】

1 本篇最初發表於一九三三年四月八日《申報・自由談》，署名何家干。

2 用拉丁字母拼寫的象聲詞，譯音似「嗶嚓」，形容撒錢的聲音。

推背圖[1]

我這裡所用的「推背」的意思，是說：從反面來推測未來的情形。

上月的《自由談》裡，就有一篇《正面文章反看法》[2]，這是令人毛骨悚然的文字。因為得到這一個結論的時候，先前一定經過許多苦楚的經驗，見過許多可憐的犧牲。本草家[3]提起筆來，寫道：砒霜，大毒。字不過四個，但他卻確切知道了這東西曾經毒死過若干性命的了。

里巷間有一個笑話：某甲將銀子三十兩埋在地裡面，怕人知道，就在上面豎一塊木板，寫道：「此地無銀三十兩。」隔壁的阿二因此卻將這掘去了，也怕人發覺，就在木板的那一面添上一句道，「隔壁阿二勿曾偷。」這就是在教人「正面文章反看法」。

但我們日日所見的文章，卻不能這麼簡單。有明說要做，其實不做的；有明說不做，其實要做的；有明說做這樣，其實做那樣的；有其實自己要這麼做，倒說別人要這麼做的；有一聲不響，而其實倒做了的。然而也有說這樣，竟這樣的。難就在這地方。

例如近幾天報章上記載著的要聞罷：

一，××軍在××血戰，殺敵××××人。

二，××談話：決不與日本直接交涉，仍然不改初衷，抵抗到底。

三，芳澤來華[4]，據云係私人事件。

四，共黨聯日，該偽中央已派幹部××赴日接洽。[5]

五，××××……

倘使都當反面文章看，可就太駭人了。但報上也有「莫干山路草棚船百餘隻大火」，「×××× 廉價只有四天了」等大概無須「推背」的記載，於是乎我們就又糊塗起來。

聽說，《推背圖》[6]本是靈驗的，某朝某帝怕他淆惑人心，就添了些假造的在裡面，因此弄得不能預知了，必待事實證明之後，人們這才恍然大悟。

我們也只好等著看事實，幸而大概是不很久的，總出不了今年。

四月二日。

【注釋】

1 本篇最初發表於一九三三年四月六日《申報．自由談》，署名何家干。

2 陳子展作，發表於一九三三年三月十三日《申報．自由談》。其中大意說當時的喊「航空救國」，其實是不敢炸日本軍而只是炸「匪」（紅軍）；「長期抵抗」等於長期不抵抗；「收回失地」等於不收回失地，等等。

3 指中藥藥物學家。漢代有托名神農作的藥物學書《本草》，載藥三百六十五味，後即以本草為中藥的統稱。

4 一九三三年三月三十一日，曾經做過日本駐華公使、外務大臣的芳澤謙吉（一八七四—一九六五）從日本到上海；對外宣稱是私人旅行，以掩飾其來華活動的目的。

5 這是反動派造的謠言，載於一九三三年四月二日《申報》「國內電訊」。

6 《宋史．藝文志》列為五行家的著作，不題撰人，南宋岳珂《桯史》以為是唐代李淳風撰。現存傳本一卷共六十圖，前五十九圖預測以後歷代興亡變亂，第六十圖畫的是唐代袁天綱要李淳風停止繼續預測而推李的背脊的動作，故後來又被認作李袁二人同撰。

《桯史》卷一《藝祖禁讖書》說：「唐李淳風作《推背圖》。五季之亂，王侯崛起，人有幸心，故其學益熾，閉口張弓之讖，吳越至以遍名其子，……宋興，受命之符尤為著明。藝祖（按歷代稱太祖或高祖為「藝祖」，此處指宋太祖）即位，始詔禁讖書，懼其惑民志，以繁刑辟。然圖傳已數百年，民間多有藏本，不復可收拾，有司患之。一日，趙韓王以開封具獄奏，因言『犯者至眾，不可勝誅』。上曰：『不必多禁，正當混之耳。』乃命取舊本，自己驗之外，皆紊其次而雜書之，凡為百本，使與存者並行。於是傳者懵其先後，莫知甚孰訛；間有存者，不復驗，亦棄弗藏矣。」

《殺錯了人》異議[1]

看了曹聚仁[2]先生的一篇《殺錯了人》，覺得很痛快，但往回一想，又覺得有些還不免是憤激之談了，所以想提出幾句異議——

袁世凱[3]在辛亥革命之後，大殺黨人，從袁世凱那方面看來，是一點沒有殺錯的，因為他正是一個假革命的反革命者。

錯的是革命者受了騙，以為他真是一個筋斗，從北洋大臣變了革命家了，於是引為同調，流了大家的血，將他扶上總統的寶位去。到二次革命[4]時，表面上好像他又是一個筋斗，從「國民公僕」[5]變了吸血魔王似的。其實不然，他不過又顯了本相。

於是殺，殺，殺。北京城裡，連飯店客棧中，都滿布了偵探；還有「軍政執法處」[6]，只見受了嫌疑而被捕的青年送進去，卻從不見他們活著走出來；還有，《政府公報》上，是天天看見黨人脫黨的廣告，說是先前為友人所拉，誤入該黨，現在自知迷謬，從此脫離，要洗心革面的做好人了。

不久就證明了袁世凱殺人的沒有殺錯，他要做皇帝了。這事情，一轉眼竟已經是二十年，現在二十來歲的青年，那時還在吸奶，時光是多麼飛快呵。

但是，袁世凱自己要做皇帝，為什麼留下他真正對頭的舊皇帝[7]呢？這無須多議論，只要看現在的軍閥混戰就知道。他們打得你死我活，好像不共戴天似的，但到後來，只要一個「下野」了，也就會客客氣氣的，然而對於革命者呢，即使沒有打過仗，也決不肯放過一個。他們知道得很清楚。

所以我想，中國革命的鬧成這模樣，並不是因為他們「殺錯了人」，倒是因為我們看錯了人。

臨末，對於「多殺中年以上的人」的主張，我也有一點異議，但因為自己早在「中年以上」了，為避免嫌疑起見，只將眼睛看著地面罷。

四月十日。

記得原稿在「客客氣氣的」之下，尚有「說不定在出洋的時候，還要大開歡送會」這類意思的句子，後被刪去了。

四月十二日記。

【備考】

殺錯了人

曹聚仁

前日某報載某君述長春歸客的談話，說：日人在偽國已經完成「專賣鴉片」和「統一幣制」的兩大政策。這兩件事，從前在老張小張時代，大家認為無法整理，現在他們一舉手之間，辦得有頭有緒。所以某君嘆息道：「愚嘗與東北人士論幣制紊亂之害，咸以積重難返，諉為難辦；何以日人一剎那間，即畢乃事？『是不為也，非不能也。』此為國人一大病根！」

豈獨「病根」而已哉！中華民族的滅亡和中華民國的顛覆，也就在這肺癆病上。一個社會，一個民族，到了衰老期，什麼都「積重難返」，所以非「革命」不可。

革命是社會的突變過程；在過程中，好人，壞人，與不好不壞的人，總要殺了一些。殺了一些人，並不是沒有代價的：於社會起了隔離作用，舊的社會和新的社會截然分成兩段，惡的勢力不會傳染到新的組織中來。所以革命殺人應該有標准，應該多殺中年以上的人，多殺代表舊勢力的人。法國大革命的成功，即在大恐慌時期的掃蕩舊勢力。

可是中國每一回的革命，總是反了常態。許多青年因為參加革命運動，做了犧牲；革命進程中，舊勢力一時躲開去，一些也不曾鏟除掉；革命成功以後，舊勢力重複湧了出來，又把青年來做犧牲品，殺了一大批。

孫中山先生辛辛苦苦做了十來年革命工作，辛亥革命成功了，袁世凱拿大權，天天殺黨人，甚至連十五六歲的孩子都要殺；這樣的革命，不但不起隔離作用，簡直替舊勢力作保鏢；因此民國以來，只有暮氣，沒有朝氣，任何事業，都不必談改革，一談改革，必「積重難返，諉為難辦」。其惡勢力一直注到現在。

這種反常狀態，我名之曰「殺錯了人」。我常和朋友說：「不流血的革命是沒有的，但『流血』不可流錯了人。早殺溥儀，多殺鄭孝胥之流，方是邦國之大幸。若亂殺二十五歲以下的青年，倒行逆施，斫喪社會元氣，就可以得『亡國滅種』的『眼前報』。」

《自由談》，四月十日。

【注釋】

1 本篇最初發表於一九三三年四月十二日《申報·自由談》，署名何家干。

2 曹聚仁（一九〇〇—一九七二）浙江浦江人，當時任暨南大學教授和《濤聲》周刊主編。

3 袁世凱（一八五九—一九一六）字慰亭，河南項城人。原是清王朝的直隸總督兼北洋大臣、內閣總理大臣；辛亥革命後，於一九一二、一九一三年先後竊取了中華民國臨時大總統、正式大總統職位。一九一六年一月復辟帝制，稱「洪憲」皇帝，同年三月在全國人民聲討中被迫取消帝制，六月病死。

4 袁世凱篡奪辛亥革命的果實後，蓄謀復辟，破壞《中華民國臨時約法》，殺害革命黨人。一九一三年七月，孫中山發動討袁戰爭，稱為「二次革命」，但不久被帝國主義支持下的袁世凱所打敗。二次革命失敗後，袁世凱更加瘋狂地捕殺革命黨人，並頒布「附亂自首」特赦令等，分化革命力量。

5 袁世凱在竊取中華民國總統職位時，曾自稱是「國民一分子」，並說過「總統向稱公僕」等話。

6 袁世凱設立的專事捕殺革命者和愛國人民的特務機關。

7 指清朝宣統皇帝溥儀（一九〇六—一九六七）。辛亥革命後，南京臨時政府與清廷談判議決，對退位後的清帝給以優待，仍保留其皇帝稱號。袁世凱復辟帝制時，曾「申令清室優待條件永不變更」。

中國人的生命圈[1]

「螻蟻尚知貪生」，中國百姓向來自稱「蟻民」，我為暫時保全自己的生命計，時常留心著比較安全的處所，除英雄豪傑之外，想必不至於譏笑我的罷。

不過，我對於正面的記載，是不大相信的，往往用一種另外的看法。例如罷，報上說，北平正在設備防空，我見了並不覺得可靠；但一看見載著古物的南運[2]，卻立刻感到古城的危機，並且由這古物的行蹤，推測中國樂土的所在。

現在，一批一批的古物，都集中到上海來了，可見最安全的地方，到底也還是上海的租界上。

然而，房租是一定要貴起來的了。

這在「蟻民」，也是一個大打擊，所以還得想想另外的地方。

想來想去，想到了一個「生命圈」。這就是說，既非「腹地」，也非「邊疆」[3]，是介乎兩者之間，正如一個環子，一個圈子的所在，在這裡倒或者也可以「苟延性命於×世」[4]的。

「邊疆」上是飛機拋炸彈。據日本報，說是在剿滅「兵匪」；據中國報，說是屠戮了人民，村落市廛，一片瓦礫。「腹地」裡也是飛機拋炸彈。據上海報，說是在剿滅「共匪」，他們被炸得一塌糊塗；「共匪」的報上怎麼說呢，我們可不知道。但總而言之，邊疆上是炸，炸，炸；腹地裡也是炸，炸，炸。雖然一面是別人炸，一面是自己炸，炸手不同，而被炸則一。只有在這兩者之間的，只要炸彈不要誤行落下來，倒還有可免「血肉橫飛」的希望，所以我名之曰「中國人的生命圈」。

再從外面炸進來，這「生命圈」便收縮而為「生命線」；再炸進來，大家便都逃進那炸好了的「腹地」裡面去，這「生命圈」便完結而為「生命0」[5]。

其實，這預感是大家都有的，只要看這一年來，文章上不大見有「我中國地大物博，人口眾多」的套話了，便是一個證據。而有一位先生，還在演說上自己說中國人是「弱小民族」哩。

但這一番話，闊人們是不以為然的，因為他們不但有飛機，還有他們的「外國」！

四月十日。

【注釋】

1 本篇最初發表於一九三三年四月十四日《申報．自由談》，署名何家干。

2 一九三三年二月至四月間報載，國民黨政府已將北平故宮博物院、歷史語言研究所等所存古物近二萬箱，分批南運到上海，存放於租界的倉庫中。

3 指江西等地區工農紅軍根據地。一九三三年二月至四月，蔣介石在第四次反革命「圍剿」的後期，調集五十萬兵力進攻中央革命根據地。

「邊疆」，指當時熱河一帶。一九三三年三月日軍占領承德後，又向冷口、古北口、喜峰口等地進迫，出動飛機狂炸，人民死傷慘重。

4 語出諸葛亮《前出師表》：「苟全性命於亂世，不求聞達於諸侯。」

5 即「生命零」，意思是存身之處完全沒有了。

內外[1]

古人說內外有別，道理各個不同。丈夫叫「外子」，妻叫「賤內」。傷兵在醫院之內，而慰勞品在醫院之外，非經查明，不准接收。對外要安，對內就要攘，或者嚷。

何香凝[2]先生嘆氣：「當年唯恐其不起者，今日唯恐其不死。」然而死的道理也是內外不同的。

莊子曰，「哀莫大於心死，而身死次之。」[3]次之者，兩害取其輕也。所以，外面的身體要它死，而內心要它活；或者正因為那心活，所以把身體治死。此之謂治心。

治心的道理很玄妙：心固然要活，但不可過於活。心死了，就明明白白地不抵抗，結果，反而弄得大家不鎮靜。心過於活了，就胡思亂想，當真要鬧抵抗：這種人，「絕對不能言抗日」[4]。

為要鎮靜大家，心死的應該出洋[5]，留學是到外國去治心的方法。

而心過於活的，是有罪，應該嚴厲處置，這才是在國內治心的方法。

何香凝先生以為「誰為罪犯是很成問題的」，——這就因為她不懂得內外有別的道理。

四月十一日。

【注釋】

1 本篇最初發表於一九三三年四月十七日《申報．自由談》，署名何家干。

2 何香凝（一八七八—一九七二）廣東南海人，廖仲愷的夫人。早年參加孫中山領導的同盟會，從事革命活動。一九三三年三月她曾致書國民黨中央各委員，建議大赦全國政治犯，由她率領北上，從事抗日軍的救護工作，但國民黨當局置之不理。本文所引用的，是她在三月十八日就此事對日日社記者的談話，曾刊於次日上海各報。

3 語出《莊子．田子方》：「仲尼曰：『惡，可不察與！夫哀莫大於心死，而人死亦次之。』」

4 一九三三年春，蔣介石在第四次「圍剿」被粉碎後，於四月十日在南昌對國民黨將領演講說：「抗日必先剿匪。徵之歷代興亡，安內始能攘外，在匪未剿清之先，絕對不能言抗日，違者即予最嚴厲處罰。……剿匪要領，首須治心，王陽明在贛剿匪，致功之道，即由於此。哀莫大於心死，內憂外患，均不足懼，惟國人不幸心死，斯可憂耳。救國須從治心做起，吾人當三致意焉。」

5 指張學良。參看本書〈「有名無實」的反駁〉一文注1。

透底[1]

凡事徹底是好的，而「透底」就不見得高明。因為連續的向左轉，結果碰見了向右轉的朋友，那時候彼此點頭會意，臉上會要辣辣的。要自由的人，忽然要保障復辟的自由，或者屠殺大眾的自由，——透底是透底的了，卻連自由的本身也漏掉了，原來只剩得一個無底洞。

譬如反對八股[2]是極應該的。八股原是蠢笨的產物。一來是考官嫌麻煩——他們的頭腦大半是陰沉木[3]做的，——甚麼代聖賢立言，甚麼起承轉合，文章氣韻，都沒有一定的標準，難以捉摸，因此，一股一股地定出來，算是合於功令[4]的格式，用這格式來「衡文」，一眼就看得出多少輕重。二來，連應試的人也覺得又省力，又不費事了。這樣的八股，無論新舊，都應當掃蕩。但是，這是為著要聰明，不是要更蠢笨些。

不過要保存蠢笨的人，卻有一種策略。他們說：「我不行，而他和我一樣。」——大家活不成，拉倒大吉！而等「他」拉倒之後，舊的蠢笨的「我」卻總是偷偷地又站起來，實惠是屬於蠢笨的。好比要打倒偶像，偶像急了，就指著一切活人說，「他們都像我」，於是你跑去把貌似偶像的活人，統統打倒；回來，偶像會讚賞一番，說打倒偶像而打倒「打倒」者，確是透底之至。其實，這時候更大的蠢笨，籠罩了全世界。

開口詩云子曰，這是老八股；而有人把「達爾文說，蒲力汗諾夫曰」也算做新八股。[5]於是要知道地球是圓的，人人都要自己去環遊地球一周；要製造汽機的，也要先坐在開水壺前格物[6]……。這自然透底之極。

其實，從前反對衛道文學，原是說那樣吃人的「道」不應該衛，而有人要透底，就說什麼道也不衛；這「什麼道也不衛」難道不也是一種「道」麼？所以，真正最透底的，還是下列的一個故事：

古時候一個國度裡革命了，舊的政府倒下去，新的站上來。旁人說，「你這革命黨，原先是反對有政府主義的，怎麼自己又來做政府？」那革命黨立刻拔出劍來，割下了自己的頭；但是，他的身體並不倒，而變成了殭屍，直立著，喉管裡吞吞吐吐地似乎是說：這主義的實現原本要等三千年之後呢。[7]

四月十一日。

【來信】

祝秀俠

家干先生：

昨閱及大作《透底》一文，有引及晚前發表《論新八股》之處，至為欣幸。惟所「譬」云云，實出誤會。鄙意所謂新八股者，係指有一等文，本無充實內容，只有時髦幌子，或利用新時裝包裹舊皮囊而言。因為是換湯不換藥，所以「這個空虛的宇宙」，仍與「且夫天地之間」同為八股。

因為是掛羊頭賣狗肉，所以「達爾文說」「蒲力汗諾夫說」，仍與「子曰詩云」毫無二致。故攻擊不在「達爾文說」，「蒲力汗諾夫說」，與「這個宇宙」本身（其實「子曰」，「詩云」，如做起一本中國文學史來，仍舊要引用，斷無所謂八股之理），而在利用此而成為新八股之形式。先生所舉「地球」「機器」之例，「透底」「衛道」之理，三尺之童，亦知其非，以此作比，殊覺曲解。

今日文壇，雖有蓬勃新氣，然一切狐鼠魍魎，仍有改頭換面，衣錦逍遙，如禮拜六禮拜五派等以舊貨新裝出現者，此種新皮毛舊骨髓之八股，未審先生是否認為應在掃除之列？

又有借時代招牌，歪曲革命學說，口念阿彌，心存妄想者，此種藉他人邊幅，蓋自己臭腳之新八股，未審先生亦是否認為應在掃除之列？

「透底」言之，「譬如」古之皇帝，今之主席，在實質上固知大有區別，但仍有今之主席與古之皇帝一模一樣者，則在某一意義上非難主席，其意自明，苟非志在捉虱，未必不能兩目了然也。

予生也晚，不學無術，但雖無「徹底」之聰明，亦不致如「透底」之蠢笨，容或言而未「透」，致招誤會耳。尚望賜教到「底」，感「透」感「透」！

祝秀俠上。

【回信】

秀俠[8]先生：

接到你的來信，知道你所謂新八股是禮拜五六派[9]等流。其實禮拜五六派的病根並不全在他們的八股性。

八股無論新舊，都在掃蕩之列，我是已經說過了；禮拜五六派有新八股性，其餘的人也會有新八股性。例如只會「辱罵」「恐嚇」甚至於「判決」[10]，而不肯具體地切實地運用科學所求得的公式，去解釋每天的新的事實，新的現象，而只抄一通公式，往一切事實上亂湊，這也是一種八股。即使明明是你理直，也會弄得讀者疑心你空虛，疑心你已經不能答辯，只剩得「國罵」了。

至於「歪曲革命學說」的人，用些「蒲力汗諾夫曰」等來掩蓋自己的臭腳，那他們的錯誤難道就在他寫了「蒲……曰」等等麼？我們要具體的證明這些人是怎樣錯誤，為什麼錯誤。假使簡單地把「蒲力汗諾夫曰」等等和「詩云子曰」等量齊觀起來，那就一定必然的要引起誤會。先生來信似乎也承認這一點。這就是我那《透底》裡所以要指出的原因。

最後，我那篇文章是反對一種虛無主義的一般傾向的，你的《論新八股》之中的那一句，不過是許多例子之中的一個，這是必須解除的一個「誤會」。而那文章卻並不是專為這一個例子寫的。

家干。

【注釋】

1 本篇最初發表於一九三三年四月十九日《申報·自由談》，署名何家干。

2 明、清科舉考試制度所規定的一種公式化文體，每篇分破題、承題、起講、入手、起股、中股、後股、束股八部分，後四部分是主體，每部分有兩股相比偶的文字，合共八股，所以叫八股文。

3 一稱陰杪，指某些久埋土中而質地堅硬的木材，舊時認為是製棺木的貴重材料。這裡借喻思想的頑固僵化。

4 功令舊時指考核、錄用學者的法令或規程，也泛指政府法令。

5 指祝秀俠發表於一九三三年四月四日《申報自由談》的《論「新八股」》，其中列舉「新舊八股的對比」：「(舊)孔子曰……孟子曰……《詩》不云乎……誠哉是言也。(新)康得說……蒲力哈諾夫說……《三民主義》裡面不是說過嗎？……這是很對的。」

6 推究事物的道理。《禮記·大學》：「致知在格物。」

7 這裡是諷刺吳稚暉，他在一九二六年二月四日寫的《所謂赤化問題》(致邵飄萍)中說：「赤化

以後的事。」就所謂共產，這實在是三百年以後的事，猶之乎還有比他再進步的；叫做無政府。他更是三千年

8 祝秀俠，廣東番禺人。曾參加「左聯」，後投靠國民黨反動派。

9 禮拜六派，又稱鴛鴦蝴蝶派，興起於清末民初，多用文言文描寫迎合小市民趣味的才子佳人故事，因在一九一四年至一九二三年間出版《禮拜六》周刊；故稱禮拜六派。禮拜五派是當時進步文藝界對一些更為低級庸俗的作家、作品的諷刺說法。

10 作者在一九三二年十二月曾發表《辱罵與恐嚇決不是戰鬥》一文（後收入《南腔北調集》），對當時左翼文藝界一些人在對敵鬥爭中表現的這種錯誤傾向進行了批評。文章發表後，祝秀俠曾化名「首甲」，與別人聯合在《現代文化》第一卷第二期（一九三三年二月）發表文章，為被批評的錯誤傾向辯解。

「以夷制夷」[1]

我還記得，當去年中國有許多人，一味哭訴國聯的時候，日本的報紙上往往加以譏笑，說這是中國祖傳的「以夷制夷」[2]的老手段。粗粗一看，也彷彿有些像的，但是，其實不然。那時的中國的許多人，的確將國聯看作「青天大老爺」，心裡何嘗還有一點兒「夷」字的影子。

倒相反，「青天大老爺」們卻常常用著「以華制華」的方法的。

例如罷，他們所深惡的反帝國主義的「犯人」，他們自己倒是不做惡人的，只是鬆鬆爽爽的送給華人，叫你自己去殺去。他們所痛恨的腹地的「共匪」，他們自己是並不明白表示意見的，只將飛機炸彈賣給華人，叫你自己去炸去。對付下等華人的有黃帝子孫的巡捕和西崽，對付智識階級的有高等華人的學者和博士。

我們自誇了許多日子的「大刀隊」，好像是無法制伏的了，然而四月十五日的《××報》上，有一個用頭號字印《我斬敵二百》的題目。粗粗一看，是要令人覺得勝利的，但我們再來看一看本文罷——

「（本報今日北平電）昨日喜峰口右翼，仍在灤陽城以東各地，演爭奪戰。敵出現大刀隊千名，係新開到者，與我大刀隊對抗。其刀特長，敵使用不靈活。我軍揮刀砍抹，敵招架不及，連刀帶臂，被我砍落者縱橫滿地，我軍傷亡亦達二百餘。……」

那麼，這其實是「敵斬我軍二百」了，中國的文字，真是像『國步』[3]一樣，正在一天一天的艱難起來。但我要指出來的卻並不在此。

我要指出來的是「大刀隊」乃中國人自誇已久的特長，日本人員有擊劍，大刀卻非素習。現在可是「出現」了，這不必遲疑，就可決定是滿洲的軍隊。滿洲從明末以來，每年即大有直隸山東人遷居，數代之後，成為土著，則雖是滿洲軍隊，而大多數實為華人，也決無疑義。現在已經各用了特長的大刀，在灤東相殺起來，一面是「連刀帶臂，縱橫滿地」，一面是「傷亡亦達二百餘」，開演了極顯著的「以華制華」的一幕了。

至於中國的所謂手段，由我看來，有是也應該說有的，但決非「以夷制夷」，倒是想「以夷制華」。然而「夷」又那有這麼愚笨呢，卻先來一套「以華制華」給你看。

這例子常見於中國的歷史上，後來的史官為新朝作頌，稱此輩的行為曰：「為王前驅」[4]！

近來的戰報是極可詫異的，如同日同報記冷口失守云：「十日以後，冷口方面之戰，非常激烈，華軍……頑強抵抗，故繼續未曾有之大激戰」，但由宮崎部隊以十餘兵士，作成人梯，前仆後繼，「卒越過長城，因此宮崎部隊犧牲二十三名之多云」。越過一個險要，而日軍只死了二十三人，但已云「之多」，又稱為「未曾有之大激戰」，也未免有些費解。所以大刀隊之戰，也許並不如我所猜測。但既經寫出，就姑且留下以備一說罷。

四月十七日。

【跳踉】
「以華制華」

李家作

報紙不可不看。在報上不但可以看到虔修功德如念念阿彌陀佛，選拔國士如徵求飛簷走壁之類的「善」文，還可以隨時長許多見識。譬如說殺人，以前只知道有斫頭絞頸子，現在卻知道還有吃人肉，而且還有「以夷制夷」，「以華制華」等等的分別。經明眼人一說，是越想越覺得不錯的。

尤其是「以華制華」，那樣的手段真是越想越覺得多的。原因是人太多了，華對華並不會親熱；而且為了自身的利害要坐大交椅，當然非解決別人不可。所以那「制」是，無論如何要「制」的。假如因為制人而能得到好處，或是因為制人而能討得上頭的歡心，那自然更其起勁。這心理，夷人就很善於利用，從侵略土地到賣賣肥皂，都是用的這「華人」善於「制華」的美點。然而，華人對華人，其實也很會利用這種方法，而且非常巧妙。

雙方不必明言，彼此心照，各得其所；旁人看來，不露痕跡。據說那被利用的人便是哈吧狗，即走狗。但細細甄別起來，倒並不只是哈吧狗一種，另外還有一種是警犬。

做哈吧狗與做警犬，當然都是「以華制華」，但其中也不無分別。哈吧狗只能聽主人吩咐，向仇人搖搖尾，狂吠幾聲。他知道他是什麼樣的身分。警犬則不然：老於世故者往往如此。他只認定自己是一個好漢，是一個權威，是一個執大義以繩天下者。在那門庭間的方寸之地上，只有他可以彷徨彷徨，吶喊吶喊。他的威風沒有人敢冒犯，和哈吧狗比較起來，哈吧狗真是淺薄得可憐。

但何以也是「以華制華」呢？那是因為雖然老於世故，也不免露出破綻。破綻是：他儼若嫉惡如仇，平時蹲在地上冷眼旁觀，一看到有類乎「可殺」的情形時，就蹤身向前，猛咬一口；可是，他決不是亂咬，他早已看得分明，凡在他寄身的地段上的（他當然不能不有一個寄身的地方），他決不傷害，有了也只當不看見，以免引起「不便」。他咬，是咬圈子外頭的，尤其是，圈子外頭最礙眼的仇人。

這便是勇，這便是執大義，同時，既可顯出自己的權威，又可博得主人底歡心：因為，他所咬的，往往會是他和他東家的共同的敵人。主人對於他所痛恨，自己是並不明白表示意見的，只給你一些供養和地位，叫你自己去咬去。因此有接二連三的奮勇，和吹毛求疵的找機會。旁觀者不免有點不明白，覺得這仇太深，卻不知道這正是老於世故者的做人之道，所謂向惡社會「搏戰」「周旋」是也。那樣的用心，真是很苦！

所可哀者，為了要掙扎在替天行道的大旗之下，竟然不惜受員外府君之類的招供奉，把那旗子斜插在莊院的門樓邊，暫且作個「江湖一應水碗不得騷擾」的貼紙兒。也可見得做中國人的不容易，和「以華制華」的效勞，雖賢者亦不免焉。

——二二，四，二一。

四月二十二日，《大晚報》副刊《火炬》。

【搖擺】

過而能改

傅紅蓼

孔老夫子，在從前教訓著那麼許多門生說：「過而能改，善莫大焉！」意思是錯誤人人都有，只要能夠回頭。

我覺得孔老夫子這句話尚有未盡意處，譬如說：「過而能改，善莫大焉」之後，再加上一句：「知過不改，罪孽深重」，那便覺得天衣無縫了。

譬如說現在前線打得落花流水的時候，而有人覺得這種為國犧牲是殘酷，是無聊，便主張不要打，而且更主張不要講和，只說索性藏起頭來，等個五十年。俗諺常有「十年生聚，十年教訓」，看起來五十年的教訓，大概什麼都夠了。凡事有了錯誤，才有教訓，可見中國人尚還有些救藥，國事弄得烏煙瘴氣到如此，居然大家都恍然大覺大悟自己內部組織的三大不健全，更而發現武器的不充足。眼前須要幾十個年頭，來作準備。

言至此，吾人對於熱河一直到灤東的失守，似乎應當有些感到失得不大冤枉。因為吾黨（借用）建基以至於今日，由軍事而至於憲政，尚還沒有人肯認過錯，則現在失掉幾個國土，使一些負有自信天才的國家棟梁學貫中西的名儒，居然都肯認錯，所謂「過而能改，善莫大焉」，塞翁失馬，又安知非福的聊以自慰，也只得閉著眼睛喊兩聲了，不過假使今後「知過尚不能改，罪孽的深重」，比寫在訃文上，大概也更要來得使人注目了。

譬如再說，四月二十二日本刊上李家作的「以華制華」裡說的警犬。警犬咬人，是蹲在地上冷眼傍觀，等到有可殺的時候，便一躍上前，猛咬一口，不過，有的時候那警大被人們提起棍子，向著當頭一棒，也會把專門咬人的警犬，打得藏起頭來，伸出舌頭在暗地裡發急。

這種發急，大概便又是所謂「過」了。因為警犬雖然野性，但有時被棍子當頭一擊，也會被打出自己的錯誤來的，於是「過而能改」的警犬，在暗地裡發急時，自又便會想懺悔，假使是不大曉得改過的警犬，在暗地發急之餘，還想乘機再試，這種犬，大概是「罪孽深重」的了。

中國人只曉得說過而能改，善莫大焉，可惜都忘記了底下那一句。

四月二十六日，《大晚報》副刊《火炬》。

【只要幾句】 家干

案語

以上兩篇，是一星期之內登在《大晚報》附刊《火炬》上的文章，為了我的那篇《以夷制夷》而發的，揭開了「以華制華」的黑幕，他們竟有如此的深惡痛嫉，莫非真是太傷了此輩的心麼？

但是，不盡然的。大半倒因為我引以為例的《××報》其實是《大晚報》，所以使他們有這樣的跳踉和搖擺。

然而無論怎樣的跳踉和搖擺，所引的記事具在，舊的《大晚報》也具在，終究掙不脫這一個本已扣得緊緊的籠頭。

此外也無須多話了，只要轉載了這兩篇，就已經由他們自己十足的說明瞭《火炬》的光明，露出了他們真實的嘴臉。

七月十九日。

【注釋】

1 本篇最初發表於一九三三年四月二十一日《申報．自由談》，署名何家干。

2 歷代封建統治者對待少數民族常用的策略，即讓某些少數民族同另一些少數民族衝突，以此來削弱並制服他們。鴉片戰爭後，清政府對外也曾採用這種策略，企圖利用某些外國力量來牽制另一些外國，藉以保護自己，但這種對外策略最後都遭失敗。

3 語見《詩經．大雅．桑柔》：「於乎有哀，國步斯頻。」國步，國家命運的意思。

4 語見《詩經·衛風·伯兮》：「伯兮朅兮，邦之桀兮。伯也執殳，為王前驅。」原是為周王室征戰充當先鋒的意思。此處用來指當時國民黨所採取的「攘外必先安內」政策。

言論自由的界限[1]

看《紅樓夢》[2]，覺得賈府上是言論頗不自由的地方。焦大以奴才的身分，仗著酒醉，從主子罵起，直到別的一切奴才，說只有兩個石獅子乾淨。結果怎樣呢？結果是主子深惡，奴才痛嫉，給他塞了一嘴馬糞。

其實是，焦大的罵；並非要打倒賈府，倒是要賈府好，不過說主奴如此，賈府就要弄不下去罷了。然而得到的報酬是馬糞。所以這焦大，實在是賈府的屈原[3]，假使他能做文章，我想，恐怕也會有一篇《離騷》之類。

三年前的新月社[4]諸君子，不幸和焦大有了相類的境遇。他們引經據典，對於黨國有了一點微詞，雖然引的大抵是英國經典，但何嘗有絲毫不利於黨國的惡意，不過說：「老爺，人家的衣服多麼乾淨，您老人家的可有些兒髒，應該洗它一洗」罷了。不料「荃不察余之中情兮」[5]，來了一嘴的馬糞：國報同聲致討，連《新月》雜誌也遭殃。

但新月社究竟是文人學士的團體，這時就也來了一大堆引據三民主義，辨明心跡的「離騷經」。現在好了，吐出馬糞，換塞甜頭，有的顧問，有的教授，有的秘書，有的大學院長，言論自由，《新月》也滿是所謂「為文藝的文藝」了。

這就是文人學士究竟比不識字的奴才聰明，黨國究竟比賈府高明，現在究竟比乾隆時候光明：三明主義。

然而竟還有人在嚷著要求言論自由。世界上沒有這許多甜頭，我想，該是明白的罷，這誤解，大約是在沒有悟到現在的言論自由，只以能夠表示主人的寬宏大度的說些「老爺，你的衣服……」為限，而還想說開去。

這是斷乎不行的。前一種，是和《新月》受難時代不同，現在好像已有的了，這《自由談》也就是一個證據，雖然有時還有幾位拿著馬糞，前來探頭探腦的英雄。至於想說開去，那就足以破壞言論自由的保障。要知道現在雖比先前光明，但也比先前厲害，一說開去，是連性命都要送掉的。即使有了言論自由的明令，也千萬大意不得。這我是親眼見過好幾回的，非「賣老」也，不自覺其做奴才之君子，幸想一想而垂鑒焉。

四月十七日。

【注釋】

1 本篇最初發表於一九三三年四月二十二日《申報・自由談》，署名何家干。

2 長篇小說。清代曹雪芹著。通行本為一二〇回，後四十回一般認為是高鶚續作。焦大是小說中賈家的一個忠實的老僕，他酒醉罵人被塞馬糞事，見該書第七回。只有兩個石獅子乾淨的話，見第六十六回，係另一人物柳湘蓮所說。

3 屈原（約前三四〇—約前二七八）名平，字原，又字靈均，戰國後期楚國詩人。楚懷王時官至左徒，由於他的政治主張不見容於貴族集團而屢遭迫害，後被頃襄王放逐到沅、湘流域，憤而作長詩《離騷》，以抒發其憤激心情和追求理想的決心。

4 以資產階級知識分子為核心的文學和政治團體，約於一九二三年在北京成立，主要成員有胡適、徐志摩、陳源、梁實秋、羅隆基等。

5 語見屈原《離騷》：「荃不察余之中情兮，反信讒而齌怒。」

大觀園的人才[1]

早些年，大觀園裡的壓軸戲是劉姥姥罵山門。[2]那是要老旦出場的，老氣橫秋地大「放」一通[3]，直到褲子後穿而後止。當時指著手無寸鐵或者已被繳械的人大喊「殺，殺，殺！」[4]那呼聲是多麼雄壯。所以它——男角扮的老婆子，也可以算得一個人才。

而今時世大不同了，手裡拿刀，而嘴裡卻需要「自由，自由，自由」，「開放××」[5]云云。壓軸戲要換了。

於是人才輩出，各有巧妙不同，出場的不是老旦，卻是花旦了，而且這不是平常的花旦，而是海派戲廣告上所說的「玩笑旦」。這是一種特殊的人物，他

（她）要會媚笑，又要會撒潑，要會打情罵俏，又要會油腔滑調。總之，這是花旦而兼小丑的角色。不知道是時世造英雄（說「美人」要妥當些），還是美人兒多年閱歷的結果？

美人兒而說「多年」，自然是閱人多矣的徐娘[6]了，她早已從窯姐兒升任了老鴇婆；然而她豐韻猶存，雖在賣人，還兼自賣。自賣容易，而賣人就難些。現在不但有手無寸鐵的人，而且有了……況且又遇見了太露骨的強姦。要會應付這種非常之變，就非有非常之才不可。

你想想：現在的壓軸戲是要似戰似和，又戰又和，不降不守，亦降亦守！[7]這是多麼難做的戲。沒有半推半就假作嬌癡的手段是做不好的。孟夫子說，「以天下與人易。」[8]其實，能夠簡單地雙手捧著「天下」去「與人」，倒也不為難了。問題就在於不能如此。所以要一把眼淚一把鼻涕，哭哭啼啼，而又刁聲浪氣的訴苦說：我不入火坑[9]，誰入火坑。

然而娼妓說她自己落在火坑裡，還是想人家去救她出來；而老鴇婆哭火坑，卻未必有人相信她，何況她已經申明：她是敞開了懷抱，準備把一切人都拖進火坑的。雖然，這新鮮壓軸戲的玩笑卻開得不差，不是非常之才，就是挖空了心思也想不出的。

老旦進場，玩笑旦出場，大觀園的人才著實不少！

四月二十四日。

【注釋】

1 本篇最初發表於一九三三年四月二十六日《申報．自由談》，署名何家干。

2 《紅樓夢》中賈府的花園，這裡比喻國民黨政府。劉姥姥是《紅樓夢》中的人物，這裡指國民黨中以「元老」自居的反動政客吳稚暉（他曾被人稱作「吳姥姥」）。吳稚暉，參看本書〈新藥〉一文注2

3 吳稚暉的言論中，常出現「放屁」一類字眼，如他在《弱者之結語》中說：「總而言之，統而言之，只能提提案，放放屁，……我今天再放這一次，把肚子瀉空了，就告完結。」「褲子後穿」，是章太炎在《再覆吳敬恆書》中痛斥吳稚暉的話：「善箝而口，勿令舐癰；善補而褲，勿令後穿。」（載一九〇八年《民報》二十二號）

4 指一九二七年四月國民黨清黨時，吳稚暉意氣風發呼籲「打倒」、「嚴辦」共產黨人。

5 指「開放政權」，這是當時一些政客提出的口號。吳稚暉也曾談「開放政權」問題，見一九三三年五月七日《申報》載吳在濟南的談話。

6 《南史．后妃傳》有關於梁元帝妃徐昭佩的記載：「徐娘雖老，猶尚多情。」後來因有「徐娘半老，風韻猶存」的成語。這裡是指汪精衛。

7 「似戰似和」等語，是諷刺汪精衛等人既想降日又要掩飾投降面目的醜態。如一九三三年四月十四日，汪精衛在上海答記者問時曾說：「國難如此嚴重，言戰則有喪師失地之虞，言和則有喪權辱國之虞，言不和不戰則兩俱可虞。」

8 語見《孟子．滕文公》：「以天下與人易，為天下得人難。」

9 汪精衛一九三三年四月十四日在上海答記者問時曾說：「現時置身南京政府中人，其中心焦灼，無異投身火坑一樣。我們抱著共赴國難的決心，湧身跳入火坑，同時……，竭誠招邀同志們一齊跳入火坑。」

文章與題目[1]

一個題目，做來做去，文章是要做完的，如果再要出新花樣，那就使人會覺得不是人話。然而只要一步一步的做下去，每天又有幫閒的敲邊鼓，給人們聽慣了，就不但做得出，而且也行得通。

譬如近來最主要的題目，是「安內與攘外」[2]罷，做的也著實不少了。有說安內必先攘外的，有說安內同時攘外的，有說不攘外無以安內的，有說攘外即所以安內的，有說安內即所以攘外的，有說安內急於攘外的。

做到這裡，文章似乎已經無可翻騰了，看起來，大約總可以算是做到了絕頂。

所以再要出新花樣，就使人會覺得不是人話，用現在最流行的謚法來說，就是大有「漢奸」的嫌疑。為什麼呢？就因為新花樣的文章，只剩了「安內而不必攘外」，「不如迎外以安內」，「外就是內，本無可攘」這三種了。

這三種意思，做起文章來，雖然實在稀奇，但事實卻有的，而且不必遠征晉宋，只要看看明朝就夠。滿洲人早在窺伺了，國內卻是草菅民命，殺戮清流[3]，做了第一種。李自成[4]進北京了，闊人們不甘給奴子做皇帝，索性請「大清兵」來打掉他，做了第二種。至於第三種，我沒有看過《清史》，不得而知，但據老例，則應說是愛新覺羅[5]氏之先，原是軒轅[6]黃帝第幾子之苗裔，遯於朔方，厚澤深仁，遂有天下，總而言之，咱們原是一家子云。

後來的史論家，自然是力斥其非的，就是現在的名人，也正痛恨流寇。但這是後來和現在的話，當時可不然，鷹犬塞途，乾兒當道，魏忠賢[7]不是活著就配享了孔廟麼？他們那種辦法，那時都有人來說得頭頭是道的。

前清末年，滿人出死力以鎮壓革命，有「寧贈友邦，不給家奴」[8]的口號，漢人一知道，更恨得切齒。其實漢人何嘗不如此？吳三桂之請清兵入關，便是一想到自身的利害，即「人同此心」的實例了。……

四月二十九日。

五月五日。

【附記】

原題是《安內與攘外》。

【注釋】

1 本篇最初發表於一九三三年五月五日《申報·自由談》，署名何家干。

2 一九三一年十一月三十日，蔣中正在國民黨外長顧維鈞宣誓就職會的「親書訓詞」中，提出「攘外必先安內」的反動方針。一九三三年四月十日，蔣中正在南昌對國民黨將領演講時，又提出「安內始能攘外」，這時一些報刊也紛紛發表談「安內攘外」問題的文章。

3 指明末任用宦官魏忠賢等，通過特務機構東廠、錦衣衛、鎮撫司殘酷壓榨和殺戮人民；魏忠賢的閹黨把大批反對他們的正直的士大夫，如東林黨人，編成「天鑑錄」、「點將錄」等名冊，按名殺害。這時，在東北統一滿族各部的努爾哈赤（即清太祖），已於明萬歷四十四年（一六一六）登可汗位，正率軍攻明。

4 李自成（一六〇六—一六四五）陝西米脂人，明末農民起義領袖。崇禎二年（一六二九）起義。崇禎十七年一月在西安建立大順國，同年三月攻克北京，推翻明朝。後鎮守山海關的明將吳三桂勾引清兵入關，鎮壓起義軍；李自成兵敗退出北京，清順治二年（一六四五）在湖北通山縣九宮山被地主武裝所害。

5 清朝皇室的姓。滿語稱金為「愛新」，族為「覺羅」。

6 傳說中漢民族的始祖。《史記．五帝本紀》：「黃帝者，少典之子，姓公孫，名曰軒轅。」

7 魏忠賢（一五六八－一六二七）河間肅寧（今屬河北）人，明末天啟時專權的宦官。曾掌管特務機關東廠，凶殘跋扈，殺人甚多。當時，趨炎附勢之徒對他競相諂媚，《明史．魏忠賢傳》記載：「群小益求媚」，「相率歸忠賢，稱義兒」，「監生陸萬齡至請以忠賢配孔子。」

8 「寧贈友邦，不給家奴」這是剛毅的話。剛毅（一八三四－一九〇〇），滿洲鑲藍旗人。清朝王公大臣中的頑固分子，曾任軍機大臣等職；在清末維新變法運動時期，他常對人說：「我家之產業，寧可以贈之於朋友，而必不畀諸家奴。」（見梁啟超《戊戌政變記》卷四）他所說的朋友，指帝國主義國家。

新藥[1]

說起來就記得，誠然，自從九一八以後，再沒有聽到吳稚老[2]的妙語了，相傳是生了病。現在剛從南昌專電中，飛出一點聲音來[3]，卻連改頭換面的，也是自從九一八以後，就再沒有一絲聲息的民族主義文學者們，也來加以冷冷的訕笑。

為什麼呢？為了九一八。

想起來就記得，吳稚老的筆和舌，是盡過很大的任務的，清末的時候，五四的時候，北伐的時候，清黨的時候，清黨以後的還是鬧不清白的時候。然而他現在一開口，卻連躲躲閃閃的人物兒也來冷笑了。九一八以來的飛機，真也炸著了這黨國的元老吳先生，或者是，炸大了一些躲躲閃閃的人物兒的小膽子。

九一八以後，情形就有這麼不同了。

舊書裡有過這麼一個寓言，某朝某帝的時候，宮女們多數生了病，總是醫不好。最後來了一個名醫，開出神方道：壯漢若干名。皇帝沒有法，只得照他辦。若干天之後，自去察看時，宮女們果然個個神采煥發了，卻另有許多瘦得不像人樣的男人，拜伏在地上。皇帝吃了一驚，問這是什麼呢？宮女們就囁嚅的答道：是藥渣。[4]

照前幾天報上的情形看起來，吳先生彷彿就如藥渣一樣，也許連狗子都要加以踐踏了。然而他是聰明的，又很恬淡，決不至於不顧自己，給人家熬盡了汁水。不過因為九一八以後，情形已經不同，要有一種新藥出賣是真的，對於他的冷笑，其實也就是新藥的作用。

這種新藥的性味，是要很激烈，而和平。譬之文章，則須先講烈士的殉國，再敘美人的殉情；一面讚希特勒的組閣，一面頌蘇聯的成功；軍歌唱後，來了戀歌；道德談完，就講妓院；因國恥日而悲楊柳，逢五一節而憶薔薇；攻擊主人的敵手，也似乎不滿於它自己的主人……總而言之，先前所用的是單方，此後出賣的卻是複藥了。

復藥雖然好像萬應，但也常無一效的，醫不好病，即毒不死人。不過對於誤服這藥的病人，卻能夠使他不再尋求良藥，拖重了病症而至於糊裡糊塗的死亡。

四月二十九日。

【注釋】

1 本篇最初發表於一九三三年五月七日《申報．自由談》，署名丁萌。

2 指吳稚暉（一八六五－一九五三），名敬恒，江蘇武進人。早年曾先後留學日本、英國。一九〇五年參加同盟會，是資產階級民主革命中的右翼，曾出賣過革命者章太炎、鄒容。一九二四年後，歷任國民黨中央監察委員等職。一九二七年他向國民黨中央提出「清黨」案。

3 指吳稚暉在南昌對新聞界的談話，見一九三三年四月二十九日《申報》「南昌專電」：「吳稚暉談，暴日侵華，為全國預定計劃，不因我退讓而軟化，或抵抗而強硬，我惟不計生死，拚死抵抗。」由於國民黨政府實行不抵抗政策，此時正醞釀派親日分子黃郛北上，與進犯華北的日本侵略者妥協，因此《大晚報》「星期談屑」曾載《吳稚暉抗日》一文，對吳的談話加以嘲笑，文中說：「自九一八以後，一二八以後，我們久已不聞吳稚暉先生的解頤快論了，最近，申報的南昌電，記著吳老先生的一段談話」，「便是吳老先生的一張嘴巴，也是無從可以救國了」，「吳老先生的解頤快論」，只不過是「『皓首匹夫』的隨便談談而已！」

4 見清代褚人獲《堅瓠丙集．藥渣》：「明吾郡陸天池博學能文，精於音律。有寓言曰：某帝時，宮人多懷春疾，醫者曰：『須敕數十少年藥之。』帝如言。後數日，宮人皆顏舒體胖，拜帝曰：『賜藥疾癒，謹謝恩！』諸少年俯伏於後，枯瘠蹣跚，無復人狀。帝問是何物？對曰：『藥渣！』」

「多難之月」[1]

前月底的報章上，多說五月是「多難之月」。這名目，以前是沒有見過的。現在這「多難之月」已經臨頭了。

從經過了的日子來想一想，不錯，五一是「勞動節」，可以說很有些「多難」；五三是濟南慘案[2]紀念日，也當然屬於「多難」之一的。但五四是新文化運動的發揚，五五是革命政府成立[3]的佳日，為什麼都包括在「難」字堆裡的呢？這可真有點兒希奇古怪！

不過只要將這「難」字，不作國民「受難」的「難」字解，而作令人「為難」的「難」字解，則一切困難，可就渙然冰釋了。

時勢也真改變得飛快，古之佳節，後來自不免化為難關。先前的開會，是聽大眾在空地上開的，現在卻要防人「乘機搗亂」了，所以只得函請代表，齊集洋樓，還要由軍警維持秩序。[4]先前的要人，雖然出來要「清道」（俗名「淨街」），但還是走在地上的，現在卻更要防人「謀為不軌」了，必得坐著飛機，須到出洋的時候，才能放心送給朋友。[5]

名人逛一趟古董店，先前也不算奇事情的，現在卻「微服」[6]，「微服」的嚷得人耳聾，只好或登名山，或入古廟，比較的免掉大驚小怪。

總而言之，可靠的國之柱石，已經多在半空中，最低限度也上了高樓峻嶺了，地上就只留著些可疑的百姓，實做了「下民」，且又民匪難分，一有慶弔，總不免「假名滋擾」。向來雖靠「華洋兩方當局，先事嚴防」，沒有鬧過什麼大亂子，然而總比平時費力的，這就令人為難，而五月也成了「多難之月」，紀念的是好是壞，日子的為戚為喜，都不在話下。

但願世界上大事件不要增加起來；但願中國裡慘案不要再有；但願也不再有什麼政府成立；但願也不再有偉人的生日和忌日增添。否則，日積月累，不久就會成個「多難之年」，不但華洋當局，老是為難，連我們走在地面上的小百姓，也只好永遠身帶「嫌疑」，奉陪戒嚴，嗚呼哀哉，不能喘氣了。

五月五日。

【注釋】

1 本篇最初發表於一九三三年五月八日《申報．自由談》，署名丁萌。

2 指一九二八年五月三日，日本帝國主義派兵侵佔濟南，打死打傷中國軍民五千餘人的五三慘案。

3 指一九二一年孫中山為反對北洋軍閥統治的北京政府，取消了原廣州軍政府，於五月五日在廣州正式成立中華民國政府，並就任非常大總統。

4 一九三三年五月五日，國民黨上海市黨部舉行「革命政府成立十二周年紀念」大會，事前通知各界「於是日上午九時，在本黨部三樓大禮堂，召集各界代表舉行紀念大會」，並規定紀念辦法九條，末條是「函請警備司令部暨市公安局，嚴防反動分子，乘機搗亂；並酌派軍警若干，維持會場秩序」。

5 要人送飛機給朋友的事，指張學良在一九三三年二月將一架自備的福特機選給宋子文，又在四月辭職出國時，將另一架福特機送給蔣介石。

6 舊時「要人」在外出時，改換常服以免被人認識，叫做「微服」。一九三三年四月四日，國民黨政府主席林森到南京夫子廟文物店購買古玩，報紙紛紛宣傳，如次日《申報》「南京專電」說：「林主席今日微服到舊書店購古籍數本，骨董數件。」

不負責任的坦克車[1]

新近報上說，江西人第一次看了坦克車。自然，江西人的眼福很好。然而也有人惴惴然，唯恐又要掏腰包，報效坦克捐。我倒記起了另外一件事：有一個自稱姓「張」的[2]說過，「我是擁護言論不自由者……唯其言論不自由，才有好文章做出來，所謂冷嘲，諷刺，幽默和其他形形色色，不敢負言論責任的文體，在壓迫鉗制之下，都應運產生出來了。」這所謂不負責任的文體，不知道比坦克車怎樣？

諷刺等類為什麼是不負責任，我可不知道。然而聽人議論「風涼話」怎麼不行，「冷箭」怎麼射死了天才，倒也多年了。既然多年，似乎就很有道理。大致是罵人不敢充好漢，膽小。其實，躲在厚厚的鐵板——坦克車裡面，砰砰碰碰的轟炸，是著實痛快得多，雖然也似乎並不膽大。

高等人向來就善於躲在厚厚的東西後面來殺人的。古時候有厚厚的城牆，為的要防備盜匪和流寇。現在就有鋼馬甲，鐵甲車，坦克車。就是保障「民國」和私產的法律，也總是厚厚的一大本。甚至於自天子以至卿大夫的棺材，也比庶民的要厚些。至於臉皮的厚，也是合於古禮的。

獨有下等人要這麼自衛一下，就要受到「不負責任」等類的嘲笑：「你敢出來！出來！躲在背後說風涼話不算好漢！」

但是，如果你上了他的當，真的赤膊奔上前陣，像許褚[3]似的充好漢，那他那邊立刻就會給你一槍，老實不客氣，然後，再學著金聖歎批《三國演義》[4]的筆法，罵一聲「誰叫你赤膊的」——活該。總之，死活都有罪。足見做人實在很難，而做坦克車要容易得多。

五月六日。

【注釋】

1 本篇最初發表於一九三三年五月九日《申報．自由談》，署名何家干。

2 指張若谷，江蘇南匯（今屬上海市）人，當時的投機文人。這段話見於他在一九三三年三月三日《大晚報辣椒與橄欖》上發表的《擁護》一文。

3 三國時曹操部下名將。他赤膊上陣的故事見小說《三國演義》第五十九回《許褚裸衣鬥馬超》。

4 金聖歎（一六〇八－一六六一），吳縣（今屬江蘇）人，明末清初文人。他曾批註《水滸》、《西廂記》等書，把所加的序文、讀法和評語等稱為「聖歎外書」。《三國演義》是元末明初羅貫中所著，後經清代毛宗崗改編，卷首有假託金聖歎所作的序，並有「聖歎外書」字樣，每回前均附加評語，通常就都把這評語認為金聖歎所作。

從盛宣懷說到有理的壓迫[1]

盛氏的祖宗積德很厚，他們的子孫就舉行了兩次「收復失地」的盛典：一次還是在袁世凱的民國政府治下，一次就在當今國民政府治下了。

民元的時候，說盛宣懷[2]是第一名的賣國賊，將他的家產沒收了。不久，似乎是二次革命之後，就發還了。那是沒有什麼奇怪的，因為袁世凱是「物傷其類」，他自己也是賣國賊。不是年年都在紀念五七和五九[3]麼？袁世凱簽訂過二十一條，賣國是有真憑實據的。

最近又在報上發現這麼一段消息，大致是說：「盛氏家產早已奉命歸還，如蘇州之留園，江陰無錫之典當等，正在辦理發還手續。」這卻叫我吃了一驚。打聽起來，說是民國十六年國民革命軍初到滬寧的時候，又沒收了一次盛氏家產：那次的罪名大概是「土豪劣紳」，紳而至於「劣」，再加上賣國的舊罪，自然又該沒收了。可是為什麼又發還了呢？

第一，不應當疑心現在有賣國賊，因為並無真憑實據——現在的人早就誓不簽訂辱國條約，他們不比盛宣懷和袁世凱。

第二，現在正在募航空捐[4]，足見政府財政並不寬裕。那末，為什麼呢？學理上研究的結果是——壓迫本來有兩種：一種是有理的，而且永久有理的，一種是無理的。有理的，就像逼小百姓還高利貸，交田租之類；這種壓迫的「理」寫在布告上：「借債還錢本中外所同之定理，租田納稅乃千古不易之成規。」無理的，就是沒收盛宣懷的家產等等了；這種「壓迫」巨紳的手法，在當時也許有理，現在早已變成無理的了。

初初看見報上登載的《五一告工友書》[5]上說：「反抗本國資本家無理的壓迫」，我也是吃了一驚的。這不是提倡階級鬥爭麼？後來想想也就明白了。這是說，無理的壓迫要反對，有理的不在此例。至於怎樣有理，看下去就懂得了，下文是說：「必須克苦耐勞，加緊生產……尤應共體時艱，力謀勞資間之真誠合作，消弭勞資間之一切糾紛。」還有說「中國工人沒有外國工人那麼苦」[6]等等的。

我心上想，幸而沒有大驚小怪地叫起來，天下的事情總是有道理的，一切壓迫也是如此。何況對付盛宣懷等的理由雖然很少，而對付工人總不會沒有的。

五月六日。

【注釋】

1 本篇最初發表於一九三三年五月十日《申報．自由談》，署名丁萌。

2 盛宣懷（一八四四－一九一六）字杏蓀，江蘇武進人，清末大官僚資本家。曾經辦輪船招商局、電報局、上海機器織布局、漢冶萍公司等，由於營私舞弊，成為當時中國有數的富豪。一九一一年任郵傳部大臣，曾向帝國主義出賣中國鐵路和礦山等權利，濫借外債，以支持清朝政府垂危的統治。辛亥革命後，他的財產曾兩次被查封，第一次是民國初年，但隨即於一九一二年十二月由當時江蘇都督程德全下令發還。第二次在一九二八、一九二九年間，國民黨政府行政院命令蘇州、常州、杭州、無錫、江陰、常熟等地縣政府全部查封盛氏產業，但一九三三年四月又命令清理發還。

3 一九一五年一月十八日，日本帝國主義向袁世凱政府提出企圖變中國為其獨占殖民地的「二十一條」要求，並在五月七日發出最後通牒，限在四十八小時內作出「滿足之答覆」。袁世凱政府不顧全國人民反對，於五月九日悍然接受喪權辱國的「二十一條」。後曾以每年五月七日和九日為國恥紀念日。

4 這是一九三一年九月二十九日，蔣介石在接見各地來南京請願學生代表時說：「國民政府決非軍閥時代之賣國政府，……決不簽訂任何辱國喪權條約」；一九三二年四月四日汪精衛在上海發表談話時也說：「國民黨政府堅決不肯簽字於喪權辱國條約。」

5 指上海市總工會於一九三三年五一節發的《告全市工友書》。

6 在一九三三年國民黨主持的上海五一節紀念會上，上海市總工會代表李永祥曾說：「中國資本主義之勢力，尚極幼稚，中國工人，目前所受資本家之壓迫，當不如當時歐美工人所受壓迫之嚴重。」

王化[1]

中國的王化現在真是「光被四表格於上下」[2]的了。

溥儀的弟媳婦跟著一位廚司務，捲了三萬多元逃走了。[3]於是中國的法庭把她緝獲歸案，判定「交還夫家管束」。滿洲國雖然「偽」，夫權是不「偽」的。

新疆的回民鬧亂子[4]，於是派出宣慰使。

蒙古的王公流離失所了，於是特別組織「蒙古王公救濟委員會」[5]。

對於西藏的懷柔[6]，是請班禪喇嘛誦經念咒。而最寬仁的王化政策，要算廣西對付瑤民的辦法[7]。

據《大晚報》載，這種「寬仁政策」是在三萬瑤民之中殺死三千人，派了三架飛機到瑤洞裡去「下蛋」，使他們「驚詫為天神天將而不戰自降」。事後，還要挑選瑤民代表到外埠來觀光，叫他們看看上國[8]的文化，例如馬路上，紅頭阿三[9]的威武之類。

而紅頭阿三說的是：勿要嘩啦嘩啦！

這些久已歸化的「夷狄」，近來總是「嘩啦嘩啦」，原因是都有些怨了。王化盛行的時候，「東面而征西夷怨，南面而征北狄怨。」[10]這原是當然的道理。不過我們還是東奔西走，南征北剿，決不偷懶。雖然勞苦些，但「精神上的勝利」是屬於我們的。

等到「偽」滿的夫權保障了，蒙古的王公救濟了，喇嘛的經咒念完了，回民真的安慰了，瑤民「不戰自降」了，還有什麼事可以做呢？自然只有修文德以服「遠人」[11]的日本了。這時候，我們印度阿三式的責任算是盡到了。

嗚呼，草野小民，生逢盛世，唯有逖聽歡呼，聞風鼓舞而已！[12]

五月七日。

這篇被新聞檢查處抽掉了，沒有登出。幸而既非瑤民，又居租界，得免於國貨的飛機來「下蛋」，然而「勿要嘩啦嘩啦」卻是一律的，所以連「歡呼」也不許，——然則惟有一聲不響，裝死救國而已！[13]

十五夜記。

【注釋】

1 本篇最初投給《申報．自由談》，被國民黨新聞檢查處查禁。後發表於一九三三年六月一日《論語》半月刊第十八期，署名何干。

2 語見《尚書．堯典》，是記敘堯的功德時所作的頌詞，意思是遍及上下四方，無所不至。

3 一九三三年五月一日《申報》曾載「溥儀弟婦戀奸案」的新聞，說溥儀堂弟婦和廚工攜款從長春逃到煙台，被煙台公安局發覺後，將廚工處徒刑一年，女方由夫家領回管束。

4 指一九三三年初新疆維吾爾族人民（當時報紙稱「回民」）的反抗行動。一九三一年四月，維族人民曾因反抗新疆省主席軍閥金樹仁的暴政，遭到殘酷鎮壓。一九三三年初，維族人民繼續開展大規模的反抗行動，金樹仁被迫棄守哈密等地，迪化（今烏魯木齊）也遭包圍；四月，金樹仁垮臺逃走，他的參謀長盛世才乘機攫取了新疆的統治權。四月底，南京國民黨政府宣布派參謀本部次長黃慕松為「宣慰使」，前往處理此事。

5 九一八事變後，日本帝國主義侵佔我國內蒙東部地區，國民黨政府曾指令軍事委員會北平分會撥款救濟流落在北平等地的東蒙王公官民學生和逃來內蒙的原外蒙王公等，並於一九三三年四月在北平設立「蒙古救濟委員會」。

6 九一八事變前後，西藏統治階級中的親英勢力，受英帝國主義指使，在青海玉樹、西康甘孜一帶，不斷挑起同地方軍閥的武裝衝突；一九三三年四月，他們曾企圖以武力強渡金沙江進入當時西康的巴安，以實現所謂「康藏合一」的計劃。國民黨政府當時對此一籌莫展，曾竭力拉攏被達賴喇嘛趕出西藏的班禪喇嘛（當時班禪在南京設有辦事處），舉辦祈禱法會，通過這種宗教形式的聯繫以示懷柔。

7 廣西北部、湖南南部等地區，是少數民族瑤族的聚居地。國民黨政府一貫實行大漢族政策，地方政府對瑤民的剝削侮辱尤為嚴重，因而激起瑤族人民的多次反抗。

8 春秋時稱中原齊、晉等國為上國，是對吳、楚諸國而言的。這裡是諷刺國民黨反動派在少數民族面前以「上國」自居。

9 舊時上海對公共租界內印度巡捕的俗稱。

10 「東面而征西夷怨」二句，原出《尚書·仲虺之誥》：「東征西夷怨，南征北狄怨。」這裡引用的是孟軻的話，見《孟子》中的《梁惠王》和《滕文公》。

11 指異族人或外國人，見《論語·季氏》：「故遠人不服，則修文德以來之。」

12 「草野小民」等四句，見孫中山一八九四年六月寫的《上李鴻章書》。

13 這段附記，未隨本文在《論語》刊出。

天上地下[1]

中國現在有兩種炸，一種是炸進去，一種是炸進來。

炸進去之一例曰：「日內除飛機往匪區轟炸外，無戰事，三四兩隊，七日晨迄申，更番成隊飛宜黃以西崇仁以南[2]擲百二十磅彈兩三百枚，凡匪足資屏蔽處炸毀幾平，使匪無從休養。……」（五月十日《申報》南昌專電）

炸進來之一例曰：「今晨六時，敵機炸薊縣，死民十餘，又密雲今遭敵轟四次[3]，每次二架，投彈盈百，損害正詳查中。……」（同日《大晚報》北平電）

應了這運會而生的，是上海小學生的買飛機，和北平小學生的挖地洞。[4]

這也是對於「非安內無以攘外」或「安內急於攘外」的題目，做出來的兩股好文章。[5]

住在租界裡的人們是有福的。但試閉目一想，想得廣大一些，就會覺得內是官兵在天上，「共匪」和「匪化」了的百姓在地下，外是敵軍在天上，沒有「匪化」了的百姓在地下。「損害正詳查中」，而太平之區，卻造起了寶塔[6]。釋迦[7]出世，一手指天，一手指地曰：「天上地下，惟我獨尊！」此之謂也。

但又試閉目一想，想得久遠一些，可就遇著難題目了。假如炸進去慢，炸進來快，兩種飛機遇著了，又怎麼辦呢？停止了「安內」，回轉頭來「迎頭痛擊」呢，還是仍然只管自己炸進去，一任他跟著炸進來，一前一後，同炸「匪區」，待到炸清了，然後再「攘」他們出去呢？……不過這只是講笑話，事實是決不會弄到這地步的。即使弄到這地步，也沒有什麼難解決：外洋養病，名山拜佛[8]，這就完結了。

五月十六日。

記得末尾的三句，原稿是：「外洋養病，背脊生瘡，名山上拜佛，小便裡有糖，這就完結了。」

十九夜補記。

【注釋】

1 本篇最初發表於一九三三年五月十九日《申報．自由談》，署名干。

2 宜黃、崇仁，江西省的縣名。宜黃以西崇仁以南是當時中央蘇區軍民反「圍剿」鬥爭的前沿地區。

3 薊縣、密雲，河北省的縣名。一九三三年四月，日軍進襲冀東灤河一帶時，曾派機轟炸這些地方。

4 一九三三年初，國民黨政府舉辦航空救國飛機捐，上海市預定徵募二百萬元。至五月初僅得半數，乃發動全市童子軍於十二日起，在各交通要道及娛樂場所勸募購買「童子軍號飛機」捐款三天。北平小學生的挖地洞，指一九三三年五月，北平各小學校長因日機時臨上空，曾派代表赴社會局要求各校每日上午停課，挖防空洞。

5 據手稿，這裡還有下面一段：「買飛機，將以『安內』也，挖地洞，『無以攘外』也。因為『安內急於攘外』，故還須買飛機，而『非安內無以攘外』，故必得挖地洞。」

6 一九三三年，國民黨政客戴季陶邀廣東中山大學在南京的師生七十餘人，合抄孫中山的著作，盛銅盒中，外鑲石匣，在中山陵附近建築寶塔收藏。

7 即釋迦牟尼（約前五六五—前四八六），佛教創始人。《瑞應本起經》卷上有關於他出生的記載：「四月八日夜，明星出時，化從右脅生。墮地即行七步，舉右手住而言曰：『天上天下，唯我獨尊。』」（據三國時吳國支謙漢文譯本）

8 這是國民黨政客因內訌下野或處境困難時慣用的脫身藉口，如汪精衛曾以生背癰、患糖尿病等為由，「臥床休息」或「出國養病」；黃郛退居莫干山「讀書學佛」；戴季陶自稱信奉佛教，報上屢載他去名山誦經拜佛的消息。

保留

這幾天的報章告訴我們：新任政務整理委員會委員長黃郛[1]的專車一到天津，即有十七歲的青年劉庚生擲一炸彈，犯人當場捕獲，據供係受日人指使，遂於次日綁赴新站外梟首示眾[2]云。

清朝的變成民國，雖然已經二十二年，但憲法草案的民族民權兩篇，日前這才草成，尚未頒布。上月杭州曾將西湖搶犯當眾斬決，據說奔往賞鑒者有「萬人空巷」之概[3]。可見這雖與「民權篇」第一項的「提高民族地位」稍有出入，卻很合於「民族篇」第二項的「發揚民族精神」。南北統一，業已八年，天津也來掛一顆小小的頭顱，以示全國一致，原也不必大驚小怪的。

其次，是中國雖說「惟女子與小人為難養也」[4]，但一有事故，除三老通電，二老宣言，九四老人題字[5]之外，總有許多「童子愛國」，「佳人從軍」的美談，使壯年男兒索然無色。我們的民族，好像往往是「小時了了，大未必佳」[6]，到得老年，才又脫盡暮氣，據訃文，死的就更其了不得。則十七歲的少年而來投擲炸彈，也不是出於情理之外的。

但我要保留的，是「據供係受日人指使」這一節，因為這就是所謂賣國。二十年來，國難不息，而被大眾公認為賣國者，一向全是三十以上的人，雖然他們後來依然逍遙自在。至於少年和兒童，則拚命的使盡他們稚弱的心力和體力，擕著竹筒或撲滿[7]，奔走於風沙泥濘中，想於中國有些微的裨益者，真不知有若干次數了。雖然因為他們無先見之明，這些用汗血求來的金錢，大抵反以供虎狼的一舐，然而愛國之心是真誠的，賣國的事是向來沒有的。

不料這一次卻破例了，但我希望我們將加給他的罪名暫時保留，再來看一看事實，這事實不必待至三年，也不必待至五十年，在那掛著的頭顱還未爛掉之前，就要明白了：誰是賣國者。[8]

從我們的兒童和少年的頭顱上，洗去噴來的狗血罷！

這一篇和以後的三篇，都沒有能夠登出。

五月十七日。

七月十九日。

【注釋】

1 黃郛（一八八〇－一九三六）浙江紹興人。國民黨政客，親日派分子。一九二八年曾任國民黨政府外交部長，因進行媚外投降活動，遭到各階層人民的強烈反對，不久下臺。一九三三年五月又被蔣介石起用，任行政院駐北平政務整理委員會委員長。

2 劉庚生炸黃郛案，發生於一九三三年五月。這年四月，日軍向灤東及長城沿線發動總攻後，唐山、遵化、密雲等地相繼淪陷，平津形勢危急。國民黨政府為了向日本表示更進一步的投降，於五月上旬任黃郛為行政院駐北平政務整理委員會委員長；十五日黃由南京北上，十七日晨專車剛進天津月臺，即有人投擲炸彈。據報載，投彈者當即被捕，送第一軍部審訊，名叫劉魁生（劉庚生是「路透電」的音譯），年十七歲，山東曹州人，在陳家溝劉三糞廠作工。當天中午劉被誣為「受日人指使」，在新站外梟首示眾。

3 見一九三三年四月二十四日《申報》載新聞《西湖有盜》：「二十三日下午二時，西湖三潭印月有滬來遊客駱王氏遇匪譚景軒，出手槍劫其金鐲，女呼救，匪開槍，將事主擊斃，得贓而逸。旋在蘇堤為警捕獲，訊供不諱，當晚押赴湖濱運動場斬決，觀者萬人。匪曾任四四軍連長。」

4 語見《論語．陽貨》：「子曰：『惟女子與小人為難養也，近之則不孫（遜），遠之則怨。』」

5 指馬良、章炳麟、沈恩孚於一九三三年四月一日向全國通電，指斥國民黨政府對日本侵略「陽示抵抗，陰作妥協」。

二老宣言，指馬良、章炳麟於一九三三年二月初發表的聯合宣言，內容是依據歷史證明東三省是中國領土。他們兩人還在同年二月十八日發表宣言，駁斥日本侵略者捏造的熱河不屬中國領土的讕言；四月下旬又聯名通電，勖勉國人堅決抗日，收回失地。

九四老人，即馬良（一八四〇——一九三九），字相伯，江蘇丹徒人。當年虛齡九十四歲，他常自署「九四老人」為各界題字。

6 語見《世說新語·言語》，是漢代陳韙戲謔孔融的話。

7 陶製的儲錢罐。

8 作者撰此文後十四天，即五月三十一日，黃郛簽訂了《塘沽協定》。根據這項協定，國民政府實際上承認日本侵佔長城及山海關以北的地區（等事實），並把長城以南的察北、冀東的二十餘縣劃為不設防地區。

再談保留

因為講過劉庚生的罪名，就想到開口和動筆，在現在的中國，實在也很難的，要穩當，還是不響的好。要不然，就常不免反弄到自己的頭上來。

舉幾個例在這裡——

十二年前，魯迅作的一篇《阿Q正傳》，大約是想暴露國民的弱點的，雖然沒有說明自己是否也包含在裡面。然而到得今年，有幾個人就用「阿Q」來稱他自己了，這就是現世的惡報。

八九年前，正人君子們辦了一種報[1]，說反對者是拿了盧布的，所以在學界搗亂。然而過了四五年，正人又是教授，君子化為主任[2]，靠俄款[3]享福，聽到停付，就要力爭了。這雖然是現世的善報，但也總是弄到自己的頭上來。

不過用筆的人，即使小心，也總不免略欠周到的。最近的例，則如各報章上，「敵」呀，「逆」呀，「偽」呀，「傀儡國」呀，用得沸反盈天。不這樣寫，實在也不足以表示其愛國，且將為讀者所不滿。誰料得到「某機關通知[4]：禦侮要重實際，逆敵一類過度刺激字面，無裨實際，後宜屏用」，而且黃委員長[5]抵平，發表政見，竟說是「中國和戰皆處被動，辦法難言，國難不止一端，亟謀最後挽救」（並見十八日《大晚報》北平電）的呢？……

幸而還好，報上果然只看見「日機威脅北平」之類的題目，沒有「過度刺激字面」了，只是「漢奸」的字樣卻還有。日既非敵，漢何云奸，這似乎不能不說是一個大漏洞。好在漢人是不怕「過度刺激字面」的，就是砍下頭來，掛在街頭，給中外士女欣賞，也從來不會有人來說一句話。

這些處所，我們是知道說話之難的。

從清朝的文字獄[6]以後，文人不敢做野史了，如果有誰能忘了三百年前的恐怖，只要撮取報章，存其精英，就是一部不朽的大作。但自然，也不必神經過敏，預先改稱為「上國」或「天機」的。

五月十七日。

【注釋】

1 指胡適、陳西瀅等一九二四年十二月在北京創辦的《現代評論》周刊。陳西瀅曾在該刊第七十四期（一九二六年五月八日）發表《閒話》一則，誣蔑進步人士是「直接或間接用蘇俄金錢的人」。「正人君子」，是當時擁護北洋政府的北京《大同晚報》對現代評論派的吹捧，見一九二五年八月七日該報。

2 陳西瀅曾任北京大學英文學系主任兼教授、武漢大學文學院長兼教授。胡適曾任北京大學哲學系教授，並於一九三一年任北京大學文學院院長。

3 一九一七年俄國十月革命成功後，蘇俄政府宣布放棄帝俄在中國的一切特權，包括退還庚子賠款中尚未付給的部分。一九二四年五月中蘇復交，兩國簽訂《中俄協定》，其中規定退款除償付中國政府業經以俄款為抵押品的各項債務外，餘數全用於中國教育事業。一九二六年初，《現代評論》曾連續刊載談論「俄款用途」的文章，為「北京教育界」力爭俄款。九一八事變後，國民黨政府以「應付國難」為名，一再停付充作教育費用的庚子賠款，曾引起教育界有關人士的恐慌和抗議。

4 指黃郛就任北平政務整理委員會委員長後，為討好日本而發布的特別通知。

5 即黃郛。

6 清代厲行民族壓迫政策，曾不斷大興文字獄，企圖用嚴刑峻法來消除漢族人民的反抗和民族思想，著名大獄有康熙年間莊廷鑨《明書》獄；雍正年間呂留良、曾靜獄；乾隆年間胡中藻《堅磨生詩鈔》獄等。

「有名無實」的反駁

新近的《戰區見聞記》有這麼一段記載：「記者適遇一排長，甫由前線調防於此，彼云，我軍前在石門寨，海陽鎮，秦皇島，牛頭關，柳江等處所做陣地及掩蔽部……花洋三四十萬元，木材重價尚不在內……艱難締造，原期死守，不幸冷口失陷，一令傳出，即行後退，血汗金錢所合併成立之陣地，多未重用，棄若敝屣，至堪痛心；不抵抗將軍下臺，上峰易人，我士兵莫不額手相慶……結果心與願背。不幸生為中國人！尤不幸生為有名無實之抗日軍人！」（五月十七日《申報》特約通信。）

這排長的天真，正好證明未經「教訓」的愚劣人民，不足與言政治。第一，他以為不抵抗將軍[1]下臺，「不抵抗」就一定跟著下臺了。這是不懂邏輯：將軍是一個人，而不抵抗是一種主義，人可以下臺，主義卻可以仍舊留在臺上的。

第二，他以為花了三四十萬大洋建築了防禦工程，就一定要死守的了（總算還好，他沒有想到進攻）。這是不懂策略：防禦工程原是建築給老百姓看看的，並不是教你死守的陣地，真正的策略卻是「誘敵深入」。

第三，他雖然奉令後退，卻敢於「痛心」。這是不懂哲學：他的心非得治一治不可！

第四，他「額手稱慶」，實在高興得太快了。這是不懂命理：中國人生成是苦命的。如此癡呆的排長，難怪他連叫兩個「不幸」，居然自己承認是「有名無實的抗日軍人」。其實究竟是誰「有名無實」，他是始終沒有懂得的。

至於比排長更下等的小兵，那不用說，他們只會「打開天窗說亮話」，咱們弟兄，處於今日局勢，若非對外，鮮有不嘩變者」（同上通信）。這還成話麼？古人說，「無敵國外患者，國恆亡。」[2]以前我總不大懂得這是什麼意思：既然連敵國都沒有了，我們的國還會亡給誰呢？現在照這兵士的話就明白了，國是可以亡給「嘩變者」的。

結論：要不亡國，必須多找些「敵國外患」來，更必須多多「教訓」那些痛心的愚劣人民，使他們變成「有名有實」。

五月十八日。

【注釋】

1 指張學良。九一八事變時，張學良奉蔣介石「絕對抱不抵抗主義」的命令，放棄東北。一九三三年三月日軍侵佔熱河，蔣介石為推卸責任，平抑民憤，又迫令張「引咎辭職」，何應欽繼張學良任軍事委員會北平分會代理委員長。張辭職後，於四月十一日出國。

2 孟軻的話，見《孟子．告子》：「入則無法家拂士，出則無敵國外患者，國恒亡；然後知生於憂患而死於安樂也。」

不求甚解

文章一定要有注解，尤其是世界要人的文章。有些文學家自己做的文章還要自己來注釋，覺得很麻煩。至於世界要人就不然，他們有的是秘書，或是私淑弟子，替他們來做注釋的工作。然而另外有一種文章，卻是注釋不得的。

譬如說，世界第一要人美國總統發表了「和平」宣言[1]，據說是要禁止各國軍隊越出國境。但是，注釋家立刻就說：「至於美國之駐兵於中國，則為條約所許，故不在羅斯福總統所提議之禁止內」[2]（十六日路透社華盛頓電）。

再看羅氏的原文：「世界各國應參加一莊嚴而確切之不侵犯公約，及重行莊嚴聲明其限制及減少軍備之義務，並在簽約各國能忠實履行其義務時，各自承允不派遣任何性質之武裝軍隊越出國境。」要是認真注解起來，這其實是說：凡是不「確切」，不「莊嚴」，並不「自己承允」的國家，盡可以派遣任何性質的軍隊越出國境。至少，中國人且慢高興，照這樣解釋，日本軍隊的越出國境，理由還是十足的；何況連美國自己駐在中國的軍隊，也早已聲明是「不在此例」了。可是，這種認真的注釋是叫人掃興的。

再則，像「誓不簽訂辱國條約」[3]一句經文，也早已有了不少傳注。傳曰：「對日妥協，現在無人敢言，亦無人敢行。」這裡，主要的是一個「敢」字。但是：簽訂條約有敢與不敢的分別，這是拿筆桿的人的事，而拿槍桿的人卻用不著研究敢與不敢的為難問題——縮短防線，誘敵深入之類的策略是用不著簽訂的。就是拿筆桿的人也不至於只會簽字，假使這樣，未免太低能。所以又有一說，謂之「一面交涉」。於是乎注疏就來了：「以不承認為責任者之第三者，用不合理之方法，以口頭交涉……清算無益之抗日。」這是日本電通社的消息[4]。這種洩漏天機的注解也是十分討厭的，因此，這不會不是日本人的「造謠」。

總之，這類文章渾沌一體，最妙是不用注解，尤其是那種使人掃興或討厭的注解。

小時候讀書講到陶淵明的「好讀書不求甚解」[5]，先生就給我講了，他說：「不求甚解」者，就是不去看注解，而只讀本文的意思。注解雖有，確有人不願意我們去看的。

五月十八日。

【注釋】

1 指一九三三年五月十六日美國總統羅斯福對世界四十四國元首發表的《籲請世界和平保障宣言書》，它的主要內容是向各國呼籲縮減軍備並制止武裝軍隊的逾越國境。

2 「至於美國之駐兵於中國」等語，是羅斯福發表宣言時，美國官方為自己駐兵中國、違反這一宣言的行徑辯解時所說的話。

3 「誓不簽訂辱國條約」參看本書〈從盛宣懷說到有理的壓迫〉一文注4。

「對日妥協，現在無人敢言，亦無人敢行」，是一九三三年五月十七日黃郛在天津對記者的談話。

4 電通社，即日本電報通訊社，一九〇一年在東京創辦，一九三六年與新聞聯合通訊社合併為同盟社。電通社於一九二〇年在中國上海設公社。此則消息的原文是：

「東京十七日電通電：關於中國方面之停戰交涉問題，日軍中央部意向如下，雖有停戰交涉之情報，然其誠意可疑。中國第一線軍隊，尚執拗繼續挑戰，華北軍政當局，且發抵抗乃至決戰之命令。停戰須由軍事責任者，以確實之方法堂堂交涉，若由不承認為責任者之第三者，用不合理之方法，以口頭交涉，此不過謀一時和緩日軍之鋒銳而已。中國當局，達觀東亞大勢，清算無益之抗日，乃其急務，因此須先實際表示誠意。」（據一九三三年五月十七日《大晚報》）

5 語見陶淵明《五柳先生傳》：「好讀書不求甚解，每有會意，便欣然忘食。」

後記

我向《自由談》投稿的由來，《前記》裡已經說過了。到這裡，本文已完，而電燈尚明，蚊子暫靜，便用剪刀和筆，再來保存些因為《自由談》和我而起的瑣聞，算是一點餘興。

只要一看就知道，在我的發表短評時中，攻擊得最烈的是《大晚報》。這也並非和我前生有仇，是因為我引用了它的文字。但我也並非和它前生有仇，是因為我所看的只有《申報》和《大晚報》兩種，而後者的文字往往頗覺新奇，值得引用，以消愁釋悶。即如我的眼前，現在就有一張包了香煙來的三月三十日的舊《大晚報》在，其中有著這樣的一段——

「浦東人楊江生，年已四十有一，貌既醜陋，人復貧窮，向為泥水匠，曾傭於蘇州人盛寶山之泥水作場。盛有女名金弟，今方十五齡，而矮小異常，人亦猥瑣。昨晚八時，楊在虹口天潼路與盛相遇，楊姦其女。經捕頭向楊詢問，楊毫不抵賴，承認自去年一二八以後，連續行姦十餘次，當派探員將盛金弟送往醫院，由醫生驗明確非處女，今晨解送第一特區地方法院，經劉毓桂推事提審，捕房律師王耀堂以被告誘未滿十六歲之女子，雖其後數次皆係該女自往被告家相就，但按法亦應強姦罪論，應請訊究。

「旋傳女父盛寶山訊問，據稱初不知有此事，前晚因事責女後，女忽失蹤，直至昨晨才歸，嚴詰之下，女始謂留住被告家，並將被告誘姦經過說明，我方得悉，故將被告扭入捕房云。繼由盛金弟陳述，與被告行姦，自去年二月至今，已有十餘次，每次均係被告將我喚去，並著我不可對父母說知云。質之楊江生供，盛女向呼我為叔，縱欲姦猶不忍下手，故絕對無此事，所謂十餘次者，係將盛女帶出遊玩之次數等語。劉推事以本案尚須調查，諭被告收押，改期再訊。」

在記事裡分明可見，盛對於楊，並未說有「倫常」關係，楊供女稱之為「叔」，是中國的習慣，年長十年左右，往往稱為叔伯的。然而《大晚報》用了怎樣的題目呢？是四號和頭號字的——

攔途扭住捕房　控訴乾叔姦侄女
女自稱被姦過十餘次
男指係遊玩並非風流

它在「叔」上添一「乾」字，於是「女」就化為「侄女」，楊江生也因此成了「逆倫」或準「逆倫」的重犯了。

中國之君子，嘆人心之不古，憎匪人之逆倫，而惟恐人間沒有逆倫的故事，偏要用筆舖張揚厲起來，以聳動低級趣味讀者的眼目。楊江生是泥水匠，無從看見，見了也無從抗辯，只得一任他們的編排，然而社會批評者是有指斥的任務的。

但還不到指斥，單單引用了幾句奇文，他們便什麼「員外」什麼「警犬」[1]的狂嗥起來，好像他們的一群倒是吸風飲露，帶了自己的家私來給社會服務的志士。是的，社長我們是知道的，然而終於不知道誰是東家，就是究竟誰是「員外」，倘說既非商辦，又非官辦；則在報界裡是很難得的。但這秘密，在這裡不再研究它也好。

和《大晚報》不相上下，注意於《自由談》的還有《社會新聞》[2]。但手段巧妙得遠了，它不用不能通或不願通的文章，而只驅使著真偽雜糅的記事。即如《自由談》的改革的原因，雖然斷不定所說是真是假，我倒還是從它那第二卷第十三期（二月七日出版）上看來的──

從《春秋》與《自由談》說起

中國文壇，本無新舊之分，但到了五四運動那年，陳獨秀在《新青年》上一聲號炮，別樹一幟，提倡文學革命，胡適之錢玄同劉半農等，在後搖旗吶喊。這時中國青年外感外侮的壓迫，內受政治的刺激，失望與煩悶，為了要求光明的出路，各種新思潮，遂受青年熱烈的擁護，使文學革命建了偉大的成功。

從此之後，中國文壇新舊的界限，判若鴻溝；但舊文壇勢力在社會上有悠久的歷史，根深蒂固，一時不易動搖。那時舊文壇的機關雜誌，是著名的《禮拜六》，幾乎集了天下搖頭擺尾的文人，於《禮拜六》一爐！

至《禮拜六》所刊的文字，十九是卿卿我我，哀哀唧唧的小說，把民族性陶醉萎靡到極點了！此即所謂鴛鴦蝴蝶派的文字。其中如徐枕亞吳雙熱周瘦鵑等，尤以善談鴛鴦蝴蝶著名，周瘦鵑且為禮拜六派之健將。這時新文壇對於舊勢力的大本營《禮拜六》，攻擊頗力，卒以新興勢力，實力單薄，舊派有封建社會為背景，有恃無恐，兩不相讓，各行其是。

此後新派如文學研究會，創造社等，陸續成立，人材漸眾，勢力漸厚，《禮拜六》應時勢之推移，終至「壽終正寢」！惟禮拜六派之殘餘分子，迄今猶四出活動，無肅清之望，上海各大報中之文藝編輯，至今大都仍是所謂鴛鴦蝴蝶派所把持。可是只要放眼在最近的出版界中，新興文藝出版數量的可驚，已有使舊勢力不能抬頭之勢！

禮拜六派文人之在今日，已不敢復以《禮拜六》的頭銜以相召號，蓋已至強弩之末的時期了！最近守舊的《申報》，忽將《自由談》編輯禮拜六派的鉅子周瘦鵑撤職，換了一個新派作家黎烈文，這對於舊勢力當然是件非常的變動，遂形成了今日新舊文壇劇烈的衝突。周瘦鵑一方面策動各小報，對黎烈文作總攻擊，我們只要看鄭逸梅主編的《金剛鑽》，主張周瘦鵑仍返《自由談》原位，讓黎烈文主編《春秋》，也足見舊派文人終不能忘情於已失的地盤。

而另一方面，周瘦鵑在自己編的《春秋》內說：各種副刊有各種副刊的特性，作河水不犯井水之論，也足見周瘦鵑猶惴惴於他現有地位的危殆。周同時還硬拉非蘇州人的嚴獨鶴加入周所主持的純蘇州人的文藝團體「星社」，以為拉攏而固地位之計。不圖舊派勢力的失敗，竟以周啟其端。

據我所聞：周的不能安於其位，也有原因：他平日對於選稿方面，太刻薄而私心，只要是認識的人投去的稿，不看內容，見篇即登；同時無名小卒或為周所陌生的投稿者，則也不看內容，整堆的作為字紙簍的虜俘。因周所編的刊物，總是幾個夾袋裡的人物，私心自用，以致內容糟不可言！

外界對他的攻擊日甚，如許嘯天主編之《紅葉》，也對周有數次劇烈的抨擊，史量才為了外界對他的不滿，所以才把他撤去。那知這次史量才的一動，周竟作了導火線，造成了今日新舊兩派短兵相接戰鬥愈烈的境界！以後想好戲還多，讀者請拭目俟之。（微知）

但到二卷廿一期（三月三日）上，就已大驚小怪起來，為「守舊文化的堡壘」的動搖惋惜——

左翼文化運動的抬頭

水手

關於左翼文化運動，雖然受過各方面嚴厲的壓迫，及其內部的分裂，但近來又似乎漸漸抬起頭了。在上海，左翼文化在共產黨「聯絡同路人」的路線之下，的確是較前稍有起色。在雜誌方面，甚至連那些第一塊老牌雜誌，也左傾起來。胡愈之主編的《東方雜誌》，原是中國歷史最久的雜誌，也是最穩健不過的雜誌，可是據王雲五老闆的意見，胡愈之近來太左傾了，所以在愈之看過的樣子，他必須再重看一遍。但雖然是經過王老闆大刀闊斧的刪段以後，《東方雜誌》依然還嫌太左傾，於是胡愈之的飯碗不能不打破，而由李某來接他的手了。

又如《申報》的《自由談》在禮拜六派的周某主編之時，陳腐到太不像樣，但現在也在左聯手中了。魯迅與沈雁冰，現在已成了《自由談》的兩大台柱了。《東方雜誌》是屬於商務印書館的，《自由談》是屬於《申報》的，商務印書館與申報館，是兩個守舊文化的堡壘，可是這兩個堡壘，現在似乎是開始動搖了，其餘自然是可想而知。此外，還有幾個中級的新的書局，也完全在左翼作家手中，如郭沫若高語罕丁曉先與沈雁冰等，都各自抓著了一個書局，而做其台柱，這些都是著名的紅色人物，而書局老闆現在竟靠他們吃飯了。

…………

過了三星期，便確指魯迅與沈雁冰[3]為《自由談》的「台柱」（三月廿四日第二卷第廿八期）——

黎烈文未入文總

《申報自由談》編輯黎烈文，係留法學生，為一名不見於經傳之新進作家。自彼接辦《自由談》後，《自由談》之論調，為之一變，而執筆為文者，亦由星社《禮拜六》之舊式文人，易為左翼普羅作家。現《自由談》資為台柱者，為魯迅與沈雁冰兩氏，魯迅在《自由談》上發表文稿尤多，署名為「何家干」。

除魯迅與沈雁冰外，其他作品，亦什九係左翼作家之作，如施蟄存曹聚仁李輝英輩是。一般人以《自由談》作文者均係中國左翼文化總同盟（簡稱文總），故疑黎氏本人，亦係文總中人，但黎氏對此，加以否認，謂彼並未加入文總，與以上諸人僅友誼關係云。（逸）

又過了一個多月，則發現這兩人的「雄圖」（五月六日第三卷第十二期）了——

魯迅沈雁冰的雄圖

自從魯迅沈雁冰等以《申報・自由談》為地盤，發抒陰陽怪氣的論調後，居然又能吸引群眾，取得滿意的收穫了。在魯（？）沈的初衷，當然這是一種有作用的嘗試，想複與他們的文化運動。現在，聽說已到組織團體的火候了。

參加這個運動的台柱，除他們二人外有郁達夫，鄭振鐸等，交換意見的結果，認為中國最早的文化運動，是以語絲社創造社及文學研究會為中心，而消散之後，語絲創造的人分化太大了，惟有文學研究會的人大部分都還一致，——如王統照葉紹鈞徐雉之類。而沈雁冰及鄭振鐸，一向是文學研究派的主角，於是決定循此路線進行。最近，連田漢都願意率眾歸附，大概組會一事，已在必成，而且可以在這紅五月中實現了。（農）

這些記載，於編輯者黎烈文是並無損害的，但另有一種小報式的期刊所謂《微言》[4]，卻在《文壇進行曲》裡刊了這樣的記事——

「曹聚仁經黎烈文等紹介，已加入左聯。」（七月十五日，九期。）

這兩種刊物立說的差異，由於私怨之有無，是可不言而喻的。但《微言》卻更為巧妙：只要用寥寥十五字，便並陷兩者，使都成為必被壓迫或受難的人們。

到五月初，對於《自由談》的壓迫，逐日嚴緊起來了，我的投稿，後來就接連的不能發表。但我以為這並非因了《社會新聞》之類的告狀，倒是因為這時正值禁談時事，而我的短評卻時有對於時局的憤言；也並非僅在壓迫《自由談》，這時的壓迫，凡非官辦的刊物，所受之度大概是一樣的。但這時候，最適宜的文章是鴛鴦蝴蝶的游泳和飛舞，而《自由談》可就難了，到五月廿五日，終於刊出了這樣的啟事——

編輯室

這年頭，說話難，搖筆桿尤難。這並不是說：「禍福無門，惟人自召」，實在是「天下有道」，「庶人」相應「不議」。編者謹掬一瓣心香，籲請海內文豪，從茲多談風月，少發牢騷，庶作者編者，兩蒙其休。若必論長議短，妄談大事，則塞之字簏既有所不忍，布之報端又有所不能，陷編者於兩難之境，未免有失恕道。語云：識時務者為俊傑，編者敢以此為海內文豪告。區區苦衷，伏乞矜鑒！〔編者〕

這現象，好像很得了《社會新聞》群的滿足了，在第三卷廿一期（六月三日）裡的「文化秘聞」欄內，就有了如下的記載——

《自由談》態度轉變

《申報自由談》自黎烈文主編後，即吸收左翼作家魯迅沈雁冰及烏鴉主義者曹聚仁等為基本人員，一時論調不三不四，大為讀者所不滿。且因嘲罵「禮拜五派」，而得罪張若谷等；抨擊「取消式」之社會主義理論，而與嚴靈峰等結怨；腰斬《時代與愛的歧途》，又招張資平派之反感，計黎主編《自由談》數月之結果，已形成一種壁壘，而此種壁壘，乃營業主義之《申報》所最忌者。又史老闆在外間亦耳聞有種種不滿之論調，乃特下警告，否則為此則惟有解約。最後結果夥計當然屈伏於老闆，於是「老話」，「小旦收場」之類之文字，已不復見於近日矣。（聞）

而以前的五月十四日午後一時，還有了丁玲和潘梓年的失蹤的事[5]，大家多猜測為遭了暗算，而這猜測也日益證實了。謠言也因此非常多，傳說某某也將同遭暗算的也有，接到警告或恐嚇信的也有。我沒有接到什麼信，只有一連五六日，有人打電話到內山書店[6]的支店去詢問我的住址。

我以為這些信件和電話，都不是實行暗算者們所做的，只不過幾個所謂文人的鬼把戲，就是「文壇」上，自然也會有這樣的人的。但倘有人怕麻煩，這小玩意是也能發生些效力，六月九日《自由談》上《蘧廬絮語》[7]之後，有一條下列的文章，我看便是那些鬼把戲的見效的證據了——編者附告：昨得子展先生來信，現以全力從事某項著作，無暇旁騖，《蘧廬絮語》，就此完結。

終於，《大晚報》靜觀了月餘，在六月十一的傍晚，從它那文藝附刊的《火炬》上發出毫光來了，它憤慨得很——

到底要不要自由

法魯

久不曾提起的「自由」這問題，近來又有人在那裡大論特談，因為國事總是熱辣辣的不好惹，索性莫談，死心再來談「風月」，可是「風月」又談得不稱心，不免喉底裡喃喃地漏出幾聲要「自由」，又覺得問題嚴重，喃喃幾句倒是可以，明言直語似有不便，於是正面問題不敢直接提起來論，大刀闊斧不好當面幌起來，卻彎彎曲曲，兜著圈子，叫人摸不著稜角，摸著正面，卻要把它當做反面看，這原是看「幽默」文字的方法也。

心要自由，口又不明言，口不能代表心，可見這隻口本身已經是不自由的了。因為不自由，所以才諷諷刺刺，一回兒「要自由」，一回兒又「不要自由」，過一回兒再「要不自由的自由」和「自由的不自由」，翻來覆去，總叫頭腦簡單的人弄得「神經衰弱」，把捉不住中心。到底要不要自由呢？說清了，大家也好順風轉舵，免得悶在葫蘆裡，失掉聽懂的自由。照我這個不是「雅人」的意思，還是粗粗直直地說：「咱們要自由，不自由就來拚個你死我活！」

本來「自由」並不是個非常問題，給大家一談，倒嚴重起來了。——問題到底是自己弄嚴重的，如再不使用大刀闊斧，將何以衝破這黑漆一團？細針短刺畢竟是雕蟲小技，無助於大題，譏刺嘲諷更已屬另一年代的老人所發的囈語。我們聰明的智識分子又何嘗不知道諷刺在這時代已失去效力，但是要想弄起刀斧，卻又覺左右掣肘，在這一年代，科學發明，刀斧自然不及槍炮；生賤於蟻，本不足惜，無奈我們無能的智識分子偏吝惜他的生命何！

這就是說，自由原不是什麼稀罕的東西，給你一談，倒談得難能可貴起來了。你對於時局，本不該彎彎曲曲的諷刺。現在他對於諷刺者，是「粗粗直直地」要求你去死亡。作者是一位心直口快的人，現在被別人累得「要不要自由」也摸不著頭腦了。

然而六月十八日晨八時十五分，是中國民權保障同盟的副會長楊杏佛[8]（銓）遭了暗殺。

這總算拚了個「你死我活」，法魯先生不再在《火炬》上說亮話了。只有《社會新聞》，卻在第四卷第一期（七月三日出）裡，還描出左翼作家的懦怯來——

左翼作家紛紛離滬

在五月，上海的左翼作家曾喧鬧一時，好像什麼都要染上紅色，文藝界全歸左翼。但在六月下旬，情勢顯然不同了，非左翼作家的反攻陣線布置完成，左翼的內部也起了分化，最近上海暗殺之風甚盛，文人的腦筋最敏銳，膽子最小而腳步最快，他們都以避暑為名離開了上海。據確訊，魯迅赴青島，沈雁冰在浦東鄉間，郁達夫杭州，陳望道回家鄉，連蓬子，白薇之類的蹤跡都看不見了。（道）

西湖是詩人避暑之地，牯嶺乃闊老消夏之區，神往尚且不敢，而況身遊。楊杏佛一死，別人也不會突然怕熱起來的。聽說青島也是好地方，但這是梁實秋[9]教授傳道的聖境，我連遙望一下的眼福也沒有過。「道」先生有道，代我設想的恐怖，其實是不確的。否則，一群流氓，幾枝手槍，真可以治國平天下了。

但是，嗅覺好像特別靈敏的《微言》，卻在第九期（七月十五日出）上載著另一種消息——

自由的風月

頑石

黎烈文主編之《自由談》，自宣布「只談風月，少發牢騷」以後，而新進作家所投真正談風月之稿，仍拒登載，最近所載者非老作家化名之諷刺文章，即其刺探們無聊之考古。聞此次辯論舊劇中的鑼鼓問題，署名「羅復」者，即陳子展，「何如」者，即曾經被捕之黃素。此一筆糊塗官司，頗騙得稿費不少。

這雖然也是一科「牢騷」，但「真正談風月」和「曾經被捕」等字樣，我覺得是用得很有趣的。惜「化名」為「頑石」，靈氣之不鍾於鼻子若我輩者，竟莫辨其為「新進作家」抑「老作家」也。

《後記》本來也可以完結了，但還有應該提一下的，是所謂「腰斬張資平」[10]案。《自由談》上原登著這位作者的小說，沒有做完，就被停止了，有些小報上，便轟傳為「腰斬張資平」。當時也許有和編輯者往復駁難的文章的，但我沒有留心，因此就沒有收集。現在手頭的只有《社會新聞》，第三卷十三期（五月九日出）裡有一篇文章，據說是罪魁禍首又是我，如下——

張資平擠出《自由談》

粹公

今日的《自由談》，是一塊有為而為的地盤，是「烏鴉」「阿Q」的播音台，當然用不著「三角四角戀愛」的張資平混跡其間，以至不得清一。

然而有人要問：為什麼那個色欲狂的「迷羊」——郁達夫卻能例外？他不是同張資平一樣發源於創造嗎？一樣唱著「妹妹我愛你」嗎？我可以告訴你，這的確是例外。因為郁達夫雖則是個色欲狂，但他能流入「左聯」，認識「民權保障」的大人物，與今日《自由談》的後臺老闆魯（？）老夫子是同志，成為「烏鴉」「阿Q」的夥伴了。

據《自由談》主編人黎烈文開革張資平的理由，是讀者對於《時代與愛的歧路》一文，發生了不滿之感，因此中途腰斬，這當然是一種遁詞。在肥胖得走油的申報館老闆，固然可以不惜幾千塊錢，買了十洋一千字的稿子去塞紙簏，但在靠賣文為活的張資平，卻比宣布了死刑都可慘，他還得見見人呢！

而且《自由談》的寫稿，是在去年十一月，黎烈文請客席上，請他擔任的，即使魯（？）先生要掃清地盤，似乎也應當客氣一些，而不能用此辣手。問題是這樣的，魯先生為了要復興文藝（？）運動，當然第一步先須將一切的不同道者打倒，於是乃有批評曾今可張若谷章衣萍等為「禮拜五派」之舉；張資平如若識相，自不難感覺到自己正酣臥在他們榻旁，而立刻滾蛋！無如十洋一千使他眷戀著，致觸了這個大霉頭。當然，打倒人是愈毒愈好，管他是死刑還是徒刑呢！

在張資平被擠出《自由談》之後，以常情論，誰都咽不下這口冷水，不過張資平的闒懦是著名的，他為了老婆小孩子之故，是不能同他們鬥爭，而且也不敢同他們擺好了陣營的集團去鬥爭，於是，僅僅在《中華日報》的《小貢獻》上，發了一條軟弱無力的冷箭，以作遮羞。

現在什麼事都沒有了，《紅蘿蔔鬚》已代了他的位置，而沈雁冰新組成的文藝觀摹團，將大批的移殖到《自由談》來。

還有，是《自由談》上曾經攻擊過曾今可[11]的「解放詞」，據《社會新聞》第三卷廿二期（六月六日出）說，原來卻又是我在鬧的了，如下——

曾今可準備反攻

曾今可之為魯迅等攻擊也，實至體無完膚，固無時不想反攻，特以力薄能鮮，難于如願耳！且知魯迅等有左聯作背景，人多手眾，此呼彼應，非孤軍抗戰所能抵禦，因亦著手拉攏，凡曾受魯等侮辱者更所歡迎。

近已拉得張資平，胡懷琛，張鳳，龍榆生等十餘人，組織一文藝漫談會，假新時代書店為地盤，計劃一專門對付左翼作家之半月刊，本月中旬即能出版。（如）

那時我想，關於曾今可，我雖然沒有寫過專文，但在《曲的解放》（本書第十五篇）裡確曾涉及，也許可以稱為「侮辱」罷；胡懷琛[12]雖然和我不相干，《自由談》上是嘲笑過他的「墨翟為印度人說」的。但張，龍兩位是怎麼的呢？彼此的關涉，在我的記憶上竟一點也沒有。這事直到我看見二卷二十六期的《濤聲》[13]（七月八日出），疑團這才冰釋了——

「文藝座談」遙領記

聚仁

《文藝座談》者，曾詞人之反攻機關報也，遙者遠也，領者領情也，記者記不曾與座談而遙領盛情之經過也。

解題既畢，乃述本事。

有一天，我到暨南去上課，休息室的臺子上赫然一個請帖；展而恭讀之，則《新時代月刊》之請帖也，小子何幸，乃得此請帖！折而藏之，以為傳家之寶。《新時代》請客而《文藝座談》生焉，而反攻之陣線成焉。報章煌煌記載，有名將在焉。我前天碰到張鳳老師，帶便問一個口訊；他說：「誰知道什麼座談不座談呢？他早又沒說，簽了名，第二天，報上都說是發起人啦。」昨天遇到龍榆生先生，龍先生說：「上海地方真不容易做人，他們再三叫我去談談，只吃了一些茶點，就算數了；我又出不起廣告費。」我說：「吃了他家的茶，自然是他家人啦！」

我幸而沒有去吃茶，免於被強姦，遙領盛情，誌此謝謝！

但這「文藝漫談會」的機關雜誌《文藝座談》[14]第一期，卻已經羅列了十多位作家的名字，於七月一日出版了。其中的一篇是專為我而作的——

內山書店小坐記

白羽遐

某天的下午，我同一個朋友在上海北四川路散步。走著走著，就走到北四川路底了。我提議到虹口公園去看看，我的朋友卻說先到內山書店去看看有沒有什麼新書。我們就進了內山書店。

內山書店是日本浪人內山完造開的，他表面是開書店，實在差不多是替日本政府做偵探。他每次和中國人談了點什麼話，馬上就報告日本領事館。這也已經成了「公開的秘密」了，只要是略微和內山書店接近的人都知道。

我和我的朋友隨便翻看著書報。內山看見我們就連忙跑過來和我們招呼，請我們坐下來，照例地閒談。因為到內山書店來的中國人大多數是文人，內山也就知道點中國的文化。他常和中國人談中國文化及中國社會的情形，卻不大談到中國的政治，自然是怕中國人對他懷疑。

「中國的事都要打折扣，文字也是一樣。『白髮三千丈』這就是一個天大的誑！這就得大打其折扣。中國的別的問題，也可以以此類推……哈哈！哈！」

內山的話我們聽了並不覺得一點難為情，詩是不能用科學方法去批評的。內山不過是一個九州角落裡的小商人，一個暗探，我們除了用微笑去回答之外，自然不會拿什麼話語去向他聲辯了。不久以前，在《自由談》上看到何家干先生的一篇文字，就是內山所說的那些話。原來所謂「思想界的權威」，所謂「文壇老將」，連一點這樣的文章都非「出自心裁」！

內山還和我們談了好些，「航空救國」等問題都談到，也有些是已由何家干先生抄去在《自由談》發表過的。我們除了勉強敷衍他之外，不大講什麼話，不想理他。因為我們知道內山是個什麼東西，而我們又沒有請他救過命，保過險，以後也決不預備請他救命或保險。

我同我的朋友出了內山書店，又散步散到虹口公園去了。

不到一禮拜（七月六日），《社會新聞》（第四卷二期）就加以應援，並且擴大到「左聯」[15]去了。其中的「茅盾」，是本該寫作「魯迅」的故意的錯誤，為的是令人不疑為出於同一人的手筆——

內山書店與左聯

《文藝座談》第一期上說，日本浪人內山完造在上海開書店，是偵探作用，這是確屬的，而尤其與左聯有緣。記得郭沫若由漢逃滬，即匿內山書店樓上，後又代為買船票渡日。茅盾在風聲緊急時，亦以內山書店為惟一避難所。

然則該書店之作用究何在者？蓋中國之有共匪，日本之利也，所以日本雜誌所載調查中國匪情文字，比中國自身所知者為多，而此類材料之獲得，半由受過救命之恩之共黨文藝份子所供給；半由共黨自行送去，為張揚勢力之用，而無聊文人為其收買甘願為其刺探者亦大有人在。聞此種偵探機關，除內山以外，尚有日日新聞社，滿鐵調查所等，而著名偵探除內山完造外，亦有田中，小島，中村等。〔新皖〕

這兩篇文章中，有兩種新花樣：一，先前的誣蔑者，都說左翼作家是受蘇聯的盧布的，現在則變了日本的間接偵探；二，先前的揭發者，說人抄襲是一定根據書本的，現在卻可以從別人的嘴裡聽來，專憑他的耳朵了。至於內山書店，三年以來，我確是常去坐，檢書談話，比和上海的有些所謂文人相對還安心，因為我確信他做生意，是要賺錢的，卻不做偵探；他賣書，是要賺錢的，卻不賣人血：這一點，倒是凡有自以為人，而其實是狗也不如的文人們應該竭力學學的！

但也有人來抱不平了，七月五日的《自由談》上，竟揭載了這樣的一篇文字——

談「文人無行」

谷春帆

雖說自己也忝列於所謂「文人」之「林」，但近來對於「文人無行」這句話，卻頗表示幾分同意，而對於「人心不古」，「世風日下」的感喟，也不完全視為「道學先生」的偏激之言。

實在，今日「人心」險毒得太令人可怕了，尤其是所謂「文人」，想得出，做得到，種種卑劣行為如陰謀中傷，造謠誣蔑，公開告密，賣友求榮，賣身投靠的勾當，舉不勝舉。而在另一方面自吹自擂，腆然以「天才」與「作家」自命，偷竊他人唾餘，還沾沾自喜的種種怪象，也是「無醜不備有惡皆臻」，對著這些痛心的事實，我們還能夠否認「文人無行」這句話的相當真實嗎？（自然，我也並不是說凡文人皆無行。）我們能不興起「世道人心」的感喟嗎？

自然，我這樣的感觸並不是毫沒來由的。舉實事來說，過去有曾某其人者，硬以「管他娘」與「打打麻將」等屁話來實行其所謂「詞的解放」，被人斥為「輕薄少年」與「色情狂的急色兒」，曾某卻嘮嘮叨叨辯個不休，現在呢，新的事實又證明了曾某不僅是一個輕薄少年，而且是陰毒可憎的蛇蠍，他可以借崔萬秋的名字為自己吹牛（見二月崔在本報所登廣告），甚至硬把日本一個打字女和一個中學教員派做「女詩人」和「大學教授」，把自己吹捧得無微不至；他可以用最卑劣的手段投稿於小報，指他的朋友為×××，並公布其住址，把朋友公開出賣（見第五號《中外書報新聞》）。

這樣的大膽，這樣的陰毒，這樣的無聊，實在使我不能相信這是一個有廉恥有人格的「人」——尤其是「文人」，所能做出。然而曾某卻真想得到，真做得出，我想任何人當不能不佩服曾某的大無畏的精神。

聽說曾某年紀還不大，也並不是沒有讀書的機會，我想假如曾某能把那種吹牛拍馬的精力和那種陰毒機巧的心思用到求實學一點上，所得不是要更多些嗎？然而曾某卻偏要日以吹拍為事，日以造謠中傷為事，這，一方面固愈足以顯曾某之可怕，另一方面亦正見青年自誤之可惜。

不過，話說回頭，就是受過高等教育的也未必一定能束身自好，比如以專寫三角戀愛小說出名，並發了財的張××，彼固動輒以日本某校出身自炫者，然而他最近也會在一些小報上潑辣叫嗥，完全一副滿懷毒恨的「棄婦」的臉孔，他會陰謀中傷，造謠挑撥，他會硬派人像布哈林或列寧，簡直想要置你於死地，其人格之卑污，手段之惡辣，可說空前絕後，這樣看來，高等教育又有何用？

還有新出版之某無聊刊物上有署名「白羽遐」者作《內山書店小坐記》一文，公然說某人常到內山書店，曾請內山書店救過命保過險。我想，這種公開告密的勾當，大概也就是一流人化名玩出的花樣。

然而無論他們怎樣造謠中傷，怎樣陰謀陷害，明眼人一見便知，害人不著，不過徒然暴露他們自己的卑污與無人格而已。

但，我想，「有行」的「文人」，對於這班醜類，實在不應當像現在一樣，始終置之不理，而應當振臂奮起，把它們驅逐於文壇以外，應當在汙穢不堪的中國文壇，做一番掃除的工作！

於是禍水就又引到《自由談》上去，在次日的《時事新報》[16]上，便看見一則啟事，是方寸大字的標名——

張資平啟事

五日《申報・自由談》之《談「文人無行」》，後段大概是指我而說的。我是坐不改名，行不改姓的人，縱令有時用其他筆名，但所發表文字，均自負責，此須申明者一；白羽遐另有其人，至《內山小坐記》亦不見是怎樣壞的作品，但非出我筆，我未便承認，此須申明者二；我所寫文章均出自信，而發現關於政治上主張及國際情勢之研究有錯覺及亂視者，均不惜加以糾正。至於「造謠偽造信件及對於意見不同之人，任意加以誣毀」皆為我生平所反對，此須申明者三；我不單無資本家的出版者為我後援，又無姊妹嫁作大商人為妾，以謀得一編輯以自豪，更進而行其「誣毀造謠假造信件」等卑劣的行動。

我連想發表些關於對政治對國際情勢之見解，都無從發表，故凡容納我的這類文章之刊物，我均願意投稿。但對於該刊物之其他文字則不能負責，此須申明者四。今後凡有利用以資本家為背景之刊物對我誣毀者，我只視作狗吠，不再答覆，特此申明。

這很明白，除我而外，大部分是對於《自由談》編輯者黎烈文的。所以又次日的《時事新報》上，也登出相對的啟事來——

黎烈文啟事

烈文去歲遊歐歸來，客居滬上，因《申報》總理史量才先生係世交長輩，故常往訪候，史先生以烈文未曾入過任何黨派，且留歐時專治文學，故令加入申報館編輯《自由談》。不料近兩月來，有三角戀愛小說商張資平，因烈文停登其長篇小說，懷恨入骨，常在各大小刊物，造謠誣蔑，挑撥陷害，無所不至，烈文因其手段與目的過於卑劣，明眼人一見自知，不值一辯，故至今絕未置答，但張氏昨日又在《青光》欄上登一啟事，含沙射影，肆意誣毀，其中有「又無姊妹嫁作大商人為妾」一語，不知何指。

張氏啟事既係對《自由談》而發，而烈文現為《自由談》編輯人，自不得不有所表白，以釋群疑。烈文只胞妹兩人，長應元未嫁早死，次友元現在長沙某校讀書，亦未嫁人，均未出過湖南一步。且據烈文所知，湘潭黎氏同族姊妹中不論親疏遠近，既無一人嫁人為妾，亦無一人得與「大商人」結婚，張某之言，或係一種由衷的遺憾（沒有姊妹嫁作大商人為妾的遺憾），或另有所指，或係一種病的發作，有如瘋犬之狂吠，則非烈文所知耳。

此後還有幾個啟事，避煩不再剪貼了。總之：較關緊要的問題，是「姊妹嫁作大商人為妾」者是誰？但這事須問「行不改名，坐不改姓」的好漢張資平本人才知道。

可是中國真也還有好事之徒，竟有人不怕中暑的跑到真茹的「望歲小農居」這洋樓底下去請教他了。《訪問記》登在《中外書報新聞》[17]的第七號（七月十五日出）上，下面是關於「為妾」問題等的一段——

啟事中的疑問

以上這些話還只是講刊登及停載的經過，接著，我便請他解答啟事中的幾個疑問。

「對於你的啟事中，有許多話，外人看了不明白，能不能讓我問一問？」

「是那幾句？」

「『姊妹嫁作商人妾』，這不知道有沒有什麼影射？」

「這是黎烈文他自己多心，我不過自然他既然說了不能公開的話，也就不便追問了。

「還有一點，你所謂『想發表些關於對政治對國際情勢之見解都無從發表』，這又何所指？」

「那是講我在文藝以外的政治見解的東西，隨筆一類的東西。」

「是不是像《新時代》上的《望歲小農居日記》一樣的東西呢？」（參看《新時代》七月號）我插問。

「那是對於魯迅的批評，我所說的是對政治的見解，《文藝座談》上面有。」（參看《文藝座談》一卷一期《從早上到下午》。）

「對於魯迅的什麼批評？」

「這是題外的事情了，我看關於這個，請你還是不發表好了。」

這真是「胸中不正，則眸子眊焉」[18]，寥寥幾筆，就畫出了這位文學家的嘴臉。《社會新聞》說他「闒儒」，固然意在博得社會上「濟弱扶傾」的同情，不足置信，但啟事上的自白，卻也須照中國文學上的例子，大打折扣的（倘白羽遐先生在「某天」又到「內山書店小坐」，一定又會從老闆口頭聽到），因為他自己在「行不改姓」之後，也就說「縱令有時用其他筆名」，雖然「但所發表文字，均自負責」，而無奈「還是不發表好了」何？但既然「還是不發表好了」，則關於我的一筆，我也就不再深論了。

一枝筆不能兼寫兩件事，以前我實在閒卻了《文藝座談》的座主，「解放詞人」曾今可先生了。但寫起來卻又很簡單，他除了「準備反攻」之外，只在玩「告密」的玩藝。

崔萬秋[19]先生和這位詞人，原先是相識的，只為了一點小糾葛，他便匿名向小報投稿，誣陷老朋友去了。不幸原稿偏落在崔萬秋先生的手裡，製成銅版，在《中外書報新聞》（五號）上精印了出來——

崔萬秋加入國家主義派

《大晚報》屁股編輯崔萬秋自日回國，即住在愚園坊六十八號左舜生家，旋即由左與王造時介紹於《大晚報》工作。近為國家主義及廣東方面宣傳極力，夜則留連於舞場或八仙橋莊上云。

有罪案，有住址，逮捕起來是很容易的。而同時又診出了一點小毛病，是這位詞人曾經用了崔萬秋的名字，自己大做了一通自己的詩的序，而在自己所做的序裡又大稱讚了一通自己的詩。[20]輕恙重症，同時夾攻，漸使這柔嫩的詩人兼詞人站不住，他要下野了，而在《時事新報》（七月九日）上卻又是一個啟事，好像這時的文壇是入了「啟事時代」似的——

曾今可啟事

鄙人不日離滬旅行，且將脫離文字生活。以後對於別人對我造謠誣蔑，一概置之不理。這年頭，只許強者打，不許弱者叫，我自然沒有什麼話可說。我承認我是一個弱者，我無力反抗，我將在英雄們勝利的笑聲中悄悄地離開這文壇。如果有人笑我是「懦夫」，我只當他是尊我為「英雄」。此啟。

這就完了。但我以為文字是有趣的，結末兩句，尤為出色。

我剪貼在上面的《談「文人無行」》，其實就是這曾張兩案的合論。但由我看來，這事件卻還要壞一點，便也做了一點短評，投給《自由談》。久而久之，不見登出，索回原稿，油墨手印滿紙，這便是曾經排過，又被誰抽掉了的證據，可見縱「無姊妹嫁作大商人為妾」，「資本家的出版者」也還是為這一類名公「後援」的。但也許因為恐怕得罪名公，就會立刻給你戴上一頂紅帽子，為性命計，不如不登的也難說。現在就抄在這裡罷——

駁「文人無行」

「文人」這一塊大招牌，是極容易騙人的。雖在現在，社會上的輕賤文人，實在還不如所謂「文人」的自輕自賤之甚。看見只要是「人」，就決不肯做的事情，論者還不過說他「無行」，解為「瘋人」，恕其「可憐」。其實他們卻原是販子，也一向聰明絕頂，以前的種種，無非「生意經」，現在的種種，也並不是「無行」，倒是他要「改行」了。

生意的衰微使他要「改行」。雖是極低劣的三角戀愛小說，也可以賣掉一批的。我們在夜裡走過馬路邊，常常會遇見小癟三從暗中來，鬼鬼祟祟的問道：「阿要春宮？阿要春宮？中國的，東洋的，西洋的，都有。阿要勿？」生意也並不清淡。

上當的是初到上海的青年和鄉下人。然而這至多也不過四五回，他們看過幾套，就覺得討厭，甚且要作嘔了，無論你「中國的，東洋的，西洋的，都有」也無效。而且因時勢的遷移，讀書界也起了變化，一部份是不再要看這樣的東西了；一部份是簡直去跳舞，去嫖妓，因為所花的錢，比買手淫小說全集還便宜。

這就使三角家之類覺得沒落。我們不要以為造成了洋房，人就會滿足的，每一個兒子至少還得給他賺下十萬塊錢呢。

於是乎暴躁起來。然而三角上面，是沒有出路了的。於是勾結一批同類，開茶會，辦小報，造謠言，其甚者還竟至於賣朋友，好像他們的鴻篇巨製的不再有人賞識，只是因為有幾個人用一手掩盡了天下人的眼目似的。

但不要誤解，以為他真在這樣想。他是聰明絕頂，其實並不在這樣想的，現在這副嘴臉，也還是一種「生意經」，用三角鑽出來的活路。總而言之，就是現在只好經營這一種賣買，才又可以賺些錢。

譬如說罷，有些「第三種人」也曾做過「革命文學家」，借此開張書店，吞過郭沫若的許多版稅，現在所住的洋房，有一部份怕還是郭沫若的血汗所裝飾的。此刻那裡還能做這樣的生意呢？此刻要合夥攻擊左翼，並且造謠陷害了知道他們的行為的人，自己才是一個乾淨剛直的作者，而況告密式的投稿，還可以大賺一注錢呢。

先前的手淫小說，還是下部的勾當，但此路已經不通，必須上進才是，而人們——尤其是他的舊相識——的頭顱就危險了。這那裡是單單的「無行」文人所能做得出來的？

上文所說，有幾處自然好像帶著了曾今可張資平這一流，但以前的「腰斬張資平」，卻的確不是我的意見。

這位作家的大作，我自己是不要看的，理由很簡單：我腦子裡不要三角四角的這許多角。倘有青年來問我可看與否，我是勸他不必看的，理由也很簡單：他腦子裡也不必有三角四角的那許多角。若夫他自在投稿取費，出版賣錢，即使他無須養活老婆兒子，我也滿不管，理由也很簡單：我是從不想到他那些三角四角的角不完的許多角的。

然而多角之輩，竟謂我策動「腰斬張資平」。既謂矣，我乃簡直以X光照其五臟六腑了。

《後記》這回本來也真可以完結了，但且住，還有一點餘興的餘興。因為剪下的材料中，還留著一篇妙文，倘使任其散失，是極為可惜的，所以特地將它保存在這裡。

這篇文章載在六月十七日《大晚報》的《火炬》裡——

新儒林外史

柳絲

第一回　揭旗紮空營　興師布迷陣

卻說卡爾和伊里基兩人這日正在天堂以上討論中國革命問題，忽見下界中國文壇的大戈壁上面，殺氣騰騰，塵沙瀰漫，左翼防區裡面，一位老將緊追一位小將，戰鼓震天，喊聲四起，忽然那位老將牙縫開處，吐出一道白霧，卡爾聞到氣味立刻暈倒，伊里基拍案人怒道，「毒瓦斯，毒瓦斯！」扶著卡爾趕快走開去了。

原來下界中國文壇的大戈壁上面，左翼防區裡頭，近來新紮一座空營，揭起小資產階級革命文學之旗，無產階級文藝營壘受了奸人挑撥，大興問罪之師。這日大軍壓境，新紮空營的主將兼官佐又兼士兵楊村人提起筆槍，躍馬相迎，只見得戰鼓震天，喊聲四起，為首先鋒揚刀躍馬而來，乃老將魯迅是也。那楊村人打拱，叫聲「老將軍別來無恙？」

老將魯迅並不答話，躍馬直衝揚刀便刺，那楊村人筆槍擋住又道：「老將有話好講，何必動起干戈？小將別樹一幟，自紮空營，只因事起倉卒，未及呈請指揮，並非倒戈相向，實則獨當一面，此心此志，天人共鑒。老將軍試思左翼諸將，空言克服，驕盈自滿，戰術既不研究，武器又不製造。臨陣則軍容不整，出馬則拖槍而逃，如果長此以往，何以維持威信？老將軍整頓紀綱之不暇，勞師遠征，竊以為大大對不起革命群眾的呵！」

老將魯迅又不答話，圓睜環眼，倒豎虎鬚，只見得從他的牙縫裡頭噓出一道白霧，那小將楊村人知道老將放出毒瓦斯，說的遲那時快，已經將防毒面具戴好了，正是：

情感作用無理講，是非不明只天知！
欲知老將究竟能不能將毒瓦斯悶死那小將，且待下回分解。

第二天就收到一封編輯者的信，大意說：茲署名有柳絲者（「先生讀其文之內容或不難想像其為何人」），投一滑稽文稿，題為《新儒林外史》，但並無傷及個人名譽之事，業已決定為之發表，倘有反駁文章，亦可登載云云。

使刊物暫時化為戰場，熱鬧一通，是辦報人的一種極普通辦法，近來我更加「世故」，天氣又這麼熱，當然不會去流汗同翻筋斗的。況且「反駁」滑稽文章，也是一種少有的奇事，即使「傷及個人名譽事」，我也沒有辦法，除非我也作一部《舊儒林外史》，來辯明「卡爾和伊里基」[21]的話的真假。但我並不是巫師，又怎麼看得見「天堂」？

「柳絲」是楊村人[22]先生還在做「無產階級革命文學者」時候已經用起的筆名，這無須看內容就知道，而曾幾何時，就在「小資產階級革命文學」的旗子下做著這樣的幻夢，將自己寫成了這麼一副形容了。時代的巨輪，真是能夠這麼冷酷地將人們輾碎的。但也幸而有這一輾，因為韓侍桁[23]先生倒因此從這位「小將」的腔子裡看見了「良心」了。

這作品只是第一回，當然沒有完，我雖然毫不想「反駁」，卻也願意看看這有「良心」的文學，不料從此就不見了，迄今已有月餘，聽不到「卡爾和伊里基」在「天堂」上和「老將」「小將」在地獄裡的消息。但據《社會新聞》（七月九日，四卷三期）說，則又是「左聯」阻止的——

楊村人轉入AB團

叛左聯而寫揭小資產戰鬥之旗的楊村人，近已由漢來滬，聞寄居於AB團小卒徐翔之家，並已加入該團活動矣。前在《大晚報》署名柳絲所發表的《新

封神榜》一文，即楊手筆，內對魯迅大加諷刺，但未完即止，聞因受左聯警告云。〔預〕

左聯會這麼看重一篇「諷刺」的東西，而且仍會給「叛左聯而寫揭小資產戰鬥之旗的楊村人」以「警告」，這才真是一件奇事。據有些人說，「第三種人」的「忠實於自己的藝術」，是已經因了左翼理論家的凶惡的批評而寫不出來了[24]，現在這「小資產戰鬥」的英雄，又因了左聯的警告而不再「戰鬥」，我想，再過幾時，則一切割地吞款，兵禍水災，古物失蹤，闊人生病，也要都成為左聯之罪，尤其是魯迅之罪了。

現在使我記起了蔣光慈[25]先生。

事情是早已過去，恐怕有四五年了，當蔣光慈先生組織太陽社[26]，和創造社聯盟，率領「小將」來圍剿我的時候，他曾經做過一篇文章，其中有幾句，大意是說，魯迅向來未曾受人攻擊，自以為不可一世，現在要給他知道知道了。其實這是錯誤的，我自作評論以來，即無時不受攻擊，即如這三四月中，僅僅關於《自由談》的，就已有這許多篇，而且我所收錄的，還不過一部份。

先前何嘗不如此呢，但它們都與如駛的流光一同消逝，無蹤無影，不再為別人所覺察罷了。這回趁幾種刊物還在手頭，便轉載一部份到《後記》裡，這其實也並非專為我自己，戰鬥正未有窮期，老譜將不斷的襲用，對於別人的攻擊，想來也還要用這一類的方法，但自然要改變了所攻擊的人名。將來的戰鬥的青年，倘在類似的境遇中，能偶然看見這記錄，我想是必能開顏一笑，更明白所謂敵人者是怎樣的東西的。

所引時文字中，我以為很有些篇，倒是出於先前的「革命文學者」。但他們現在是另一個筆名，另一副嘴臉了。這也是必然的。革命文學者若不想以他的文學，助革命更加深化，展開，卻借革命來推銷他自己的「文學」，則革命高揚的時候，他正是獅子身中的害蟲[27]，而革命一受難，就一定要發現以前的「良心」，或以「孝子」[28]之名，或以「人道」之名，或以「比正在受難的革命更加革命」之名，走出陣線之外，好則沉默，壞就成為叭兒的。這不是我的「毒瓦斯」，這是彼此看見的事實！

一九三三年七月二十日午，記。

【注釋】

1 一些文人對作者的這種誣蔑，參看本書《以夷制夷》附錄《「以華制華」》。

2 一九三二年十月在上海創刊，曾先後出版三日刊、旬刊、半月刊等，新光書店經售。一九三五年十月起改名《中外問題》，一九三七年十月停刊。

3 沈雁冰，筆名茅盾，浙江桐鄉人，作家、文學評論家、社會活動家，文學研究會主要成員，曾主編《小說月報》。著有長篇小說《蝕》、《子夜》及《茅盾短篇小說集》、《茅盾散文集》等。

4 反動刊物，周刊，一九三三年五月在上海創刊。

5 丁玲，湖南臨澧人，作家。著有短篇小說集《在黑暗中》、中篇小說《水》等。潘梓年（一八九三—一九七二），江蘇宜興人，哲學家。他們同於一九三三年五月十四日在上海被捕。

6 日本人內山完造在上海所開的書店。內山完造（一八八五—一九五九），一九二七年十月與魯迅結識，以後常有交往，魯迅曾借他的書店作通訊處。

7 札記，陳子展作。一九三三年二月十一日起連載於《申報·自由談》。

8 楊杏佛（一八九三—一九三三）名銓，江西清江人。早年參加同盟會，曾赴美留學，回國後任東南大學教授、中央研究院總幹事等職。

9 梁實秋，浙江杭縣（今餘杭）人，新月派主要成員之一，國家社會黨黨員。當時任青島大學教授。

10 張資平（一八九三—一九五九），廣東梅縣人，創造社早期成員。寫過大量三角戀愛小說。抗日戰爭時期墮落為漢奸。他的長篇小說《時代與愛的歧路》自一九三二年十二月一日起在《申報自由談》連載，次年四月二十二日《自由談》刊出編輯室啟事說：

「本刊登載張資平先生之長篇創作《時代與愛的歧路》業已數月，近來時接讀者來信，表示倦意。本刊為尊重讀者意見起見，自明日起將《時代與愛的歧路》停止刊載。」

當時上海的小報對這件事多有傳播，除文中所引《社會新聞》外，同年四月二十七日《晶報》曾載有《自由談腰斬張資平》的短文。

11 曾今可（一九〇一—一九七一）江西泰和人。關於他的「解放詞」，參看本書〈曲的解放〉一文注2。

12 胡懷琛（一八八六—一九三八）安徽涇縣人。他曾在《東方雜誌》第二十五卷第八號（一九二八年四月二十五日）、第十六號（同年八月二十五日）先後發表《墨翟為印度人辨》和《墨翟續辨》，武斷說墨翟是印度人，墨學是佛學的旁支。

一九三三年三月十日《自由談》發表署名玄（茅盾）的《何必解放》一文，其中有「前幾年有一位先生『發現』了墨翟是印度人，像煞有介事做了許多『考證』」的話，胡懷琛認為這是「任意譏笑」，「有損個人的名譽」，寫信向《自由談》編者提出責問。

13 文藝性周刊，曹聚仁編輯。一九三一年八月在上海創刊，一九三三年十一月停刊。該刊自第一卷第二十一期起，封面上印有烏鴉搏浪的圖案並題辭：「老年人看了搖頭，青年人看了頭痛，中年人看了短氣，這便是我們的烏鴉主義。」前面引文中關於「烏鴉主義」的話即指此。

14 半月刊，曾今可等編。一九三三年七月在上海創刊，共出四期，新時代書局發行。

15 即中國左翼作家聯盟，中國共產黨領導下的革命文學團體。一九三〇年三月在上海成立，一九三五年底自行解散。領導成員有魯迅、夏衍、馮雪峰、馮乃超、周揚等。

16 一九〇七年十二月在上海創刊，初名《時事報》，後合併於《輿論日報》，改名為《輿論時事報》，一九一一年五月十八日起改名《時事新報》。初辦時為資產階級改良派報紙，辛亥革命後，曾經是擁護北洋軍閥段祺瑞的政客集團研究系的報紙。一九二七年後由史量才等接辦。一九三五年後為國民黨財閥孔祥熙收買。一九四九年五月上海解放時停刊。下面的啟事載於一九三三年七月六日該報副刊《青光》上。

17 周刊，包可華編輯。一九三三年六月在上海創刊，內容以書刊廣告為主，兼載文壇消息，中外出版公司印行。同年八月改名《中外文化新聞》。

18 孟軻的話，見《孟子·離婁》：「存乎人者，莫良於眸子，眸子不能掩其惡。胸中正，則眸子眊焉；胸中不正，則眸子眊焉。」眊，眼睛失神。

19 崔萬秋，山東觀城（今與河南范縣等合併）人，國民黨復興社特務。當時《大晚報》文藝副刊《火炬》主編。

20 曾今可用崔萬秋的名字為自己的詩作序事，指一九三三年二月曾今可出版他的詩集《兩顆星》時，書前印有崔萬秋為之吹捧的「代序」。同年七月二、三日，崔萬秋分別在《大晚報火炬》和《申報》刊登啟事，否認「代序」為他所作；曾今可也在七月四日《申報》刊登啟事進行辯解，說「代序」「乃摘錄崔君的來信」。

21 卡爾·馬克思的名字。伊里基，通譯伊里奇，指列寧；列寧的姓名是弗拉基米爾伊里奇列寧（烏里揚諾夫），伊里奇是其父稱，意為伊里亞之子。

22 楊村人（一九〇一—一九五五）廣東潮安人。一九二五年加入中國共產黨，一九二八年曾參加太陽社，一九三二年叛變革命。一九三三年二月他在《讀書雜誌》第三卷第一期發表《離開政黨生活的戰壕》，詆毀革命。為適應反動派分裂瓦解革命文藝運動的需要，他又在同年二月《現代》第二卷第四期發表《揭起小資產階級革命文學之旗》，宣揚「第三種文藝」。

23 韓侍桁，天津人。曾參加「左聯」，後轉向「第三種人」。當楊村人發表《離開政黨生活的戰壕》和《揭起小資產階級革命文學之旗》後，他在《讀書雜誌》第三卷第六期（一九三三年六月）發表《文藝時評揭起小資產階級革命文學之旗》，其中說楊村人是「一個忠實者，一個不欺騙自己，不欺騙團體的忠實者」；他的言論是「純粹求真理的智識者的文學上的講話」。

24 蘇汶在《現代》第一卷第六號（一九三二年十月）發表的《「第三種人」的出路》一文中，曾說：「作家，假使他是忠實於自己的話，……他不能夠向自己要他所沒有的東西。然而理論家們還是大唱高調，盡向作者要他所沒有的東西呢！不勇於欺騙的作家，既不敢拿出他們所有的東西，而別人所要的卻又拿不出，於是怎麼辦？——擱筆。」

25 蔣光慈（一九〇一——一九三一）又名蔣光赤，安徽六安人，作家，太陽社主要成員。著有詩集《新夢》、中篇小說《短褲黨》、長篇小說《田野的風》等。

26 一九二七年下半年在上海成立的文學團體，主要成員有蔣光慈、錢杏村（阿英）、孟超等。一九二八年一月出版《太陽月刊》，提倡革命文學。一九三〇年「左聯」成立後，該社自行解散。

27 原為佛家的譬喻，指比丘（佛教名詞，俗稱和尚）中破壞佛法的壞分子，見《蓮華面經》上卷：「阿難，譬如師（獅）子命絕身死，若空、若地、若水、若陸所有眾生，不敢食彼師子身肉，唯師子身自生諸蟲，還自噉食師子之肉。阿難，我之佛法非余能壞，是我法中諸惡比丘，猶如毒刺，破我三阿僧祇劫積行勤苦所集佛法。」（據隋代那連提黎耶舍漢文譯本）這裡指混入革命陣營的投機分子。

28 指楊村人。他在《離開政黨生活的戰壕》中說：「回過頭來看我自己，父老家貧弟幼，漂泊半生，一事無成，革命何時才成功，我的家人現在在作餓殍不能過日，將來革命就是成功，以湘鄂西蘇區的情形來推測，我的家人也不免作餓殍作叫化子的。還是：留得青山在，且顧自家人吧了！病中，千思萬想，終於由理智來判定，我脫離中國共產黨了。」

魯迅年表

一八八一年

九月二十五日（農曆八月初三日）出生於浙江省紹興府會稽縣東昌坊口周家。取名樟壽，字豫山，後改名樹人，字豫才；一九一八年發表小說《狂人日記》時始用筆名「魯迅」。

一八八七年　六歲

入家塾，從叔祖玉田讀書。

一八九二年　十一歲

入三味書屋私塾，從壽鏡吾先生讀書。

一八九三年　十二歲

秋，祖父周介孚因科場案入獄。魯迅被送往外婆家暫住，接觸了一些農民生活，與農民的孩子建立了純真的感情。

一八九四年　十三歲

春，回家，仍就讀於三味書屋。

冬，父周伯宜病重。為求醫買藥，常出入於當鋪、藥店。

一八九六年　十五歲

十月，父周伯宜病故，終年三十七歲。

一八九八年　十七歲

五月，往南京考入江南水師學堂求學。

十月，因不滿水師學堂的腐敗、守舊，改考入江南礦路學堂（全稱為「江南陸師學堂附設礦務鐵路學堂」）。魯迅這時受了康梁維新的影響，又讀到了《天演論》等譯著，開始接受進化論與民主思想。

一九〇一年　二十歲

繼續在礦路學堂求學。十一月，到青龍山煤礦實習。

一九〇二年　二十一歲

一月，從礦路學堂畢業。

四月，由江南督練公所派往日本留學，入東京弘文書院學習日語。

十一月，與許壽裳、陶成章等百餘人在東京組成浙江同鄉會，決定出版《浙江潮》月刊。課餘積極參加當時愛國志士的反清革命活動。

一九〇三年　二十二歲

三月，剪去髮辮，攝「斷髮照」，並題七絕詩〈靈台無計逃神矢〉一首於照片背後贈許壽裳。

六月，在《浙江潮》第五期發表〈斯巴達之魂〉與譯文〈哀聖〉（法國雨果的隨筆）。

十月，在《浙江潮》第八期發表〈說鍚〉與〈中國地質論〉。所譯法國凡爾納的科學小說《月界旅行》由東京進化社出版。

十二月，所譯凡爾納科學小說《地底旅行》第一、二回在《浙江潮》第十期發表，該書的全譯本後於一九〇六年由南京城新書局出版。

一九〇四年　二十三歲

四月，在弘文書院結業。

九月，入仙台醫學專門學校求學。魯迅後來在講到自己學醫的動機時說：「我的夢很美滿，預備卒業回來，救治像我父親般被誤的病人的疾苦，戰爭時候便去當軍醫，一面又促進了國人對於維新的信仰。」（《吶喊·自序》）

一九〇六年　二十五歲

一月，在看一部反映日俄戰爭的幻燈片時深受刺激：一個體格健壯的中國人被日軍指為俄探，砍頭示眾，而被殺者與圍觀的中國人卻都神情麻木，魯迅由此而感到要拯救中國，「醫學並非一件緊要事」，更重要的是「改變他們的精神」，於是決定棄醫從文，用文藝來改變國民精神。

三月，從仙台醫學專門學校退學，到東京開始從事文藝活動。

夏秋間，奉母命回紹興與山陰縣朱安女士完婚。婚後即返東京。

一九〇七年　二十六歲

夏，與許壽裳等籌辦文藝雜誌《新生》，未實現。

冬，作〈人之歷史〉、〈科學史教篇〉、〈文化偏至論〉、〈摩羅詩力說〉，都發表在河南留學生主辦的《河南》月刊上。

一九〇八年　二十七歲

加入反清秘密革命團體光復會（一說一九〇四年）。

繼續為《河南》月刊撰稿，著《破惡聲論》（未完），翻譯匈牙利籁息的《裴象飛詩論》。

夏，與許壽裳、錢玄同、周作人等請章太炎在民報社講解《說文解字》。

一九〇九年　二十八歲

三月，與周作人合譯《域外小說集》第一冊出版；七月，出版第二冊。

八月，結束日本留學生活，回國，任杭州浙江兩級師範學堂生理學、化學教員。

一九一〇年　二十九歲

九月，改任紹興府中學堂生物學教員及監學。授課之餘，開始輯錄唐以前的小說佚文（後彙成《古小說鉤沉》）及有關會稽的史地佚文（後彙成《會稽郡故書雜集》）。

一九一一年　三十歲

十月，辛亥革命爆發；十一月，杭州光復。為迎接紹興光復，魯迅曾率領學生武裝演說隊上街宣傳革命，散發傳單。紹興光復後，以王金發為首的紹興軍公政府委任魯迅為浙江山會初級師範學堂監督。

文言短篇小說《懷舊》作於本年。

一九一二年　三十一歲

一月三日，在《越鐸日報》創刊號上發表〈《越鐸》出世辭〉。
二月，辭去山會初級師範學堂監督職，應教育總長蔡元培邀請，到南京任教育部部員。
五月，隨臨時政府遷往北京，任教育部僉事與社會教育司第一科科長。

一九一三年　三十二歲

二月，發表《儗播布美術意見書》。
六月下旬，回紹興省母，八月上旬返京。
十月，校錄《嵇康集》，並作〈嵇康集·跋〉。

一九一四年　三十三歲

四月起，開始研究佛學。
十一月，輯《會稽故書雜集》成，並作序文。

一九一五年　三十四歲

九月一日，被教育部任命為通俗教育研究會小說股主任。
本年開始在公餘搜集、研究金石拓本，尤側重漢代、六朝的繪畫藝術。

一九一六年　三十五歲

公餘繼續研究金石拓本。
十二月，母六十壽，回紹興。次年一月回北京。

一九一七年　三十六歲

七月三日，因張勳復辟，憤而離職；亂平後，十六日回教育部工作。

一九一八年　三十七歲

四月二日，〈狂人日記〉寫成，這是我國新文學中的第一篇白話小說，發表於五月號《新青年》，始用「魯迅」的筆名。

七月二十日，作論文〈我之節烈觀〉，抨擊封建禮教，發表於八月出版的《新青年》。

九月開始，在《新青年》「隨感錄」欄陸續發表雜感。

冬，作小說《孔乙己》。

一九一九年　三十八歲

四月二十五日，作小說《藥》。

六月末或七月初，作小說《明天》。

八月十二日，在北京《國民公報》「寸鐵」欄用筆名「黃棘」發表短評四則。

八月十九日至九月九日，在《國民公報》「新文藝」欄以「神飛」為筆名，陸續發表總題為〈自言自語〉的散文詩七篇。

十月，作論文〈我們現在怎樣做父親〉。

十二月一日至二十九日，返紹興遷家，接母親、朱安和三弟建人至北京。

十二月一日，發表小說《一件小事》。

一九二〇年　三十九歲

八月五日，作小說《風波》。
八月十日，譯尼采《查拉圖斯特拉的序言》畢，發表於九月出版的《新潮》第二卷第五期。
本年秋開始兼任北京大學、北京高等師範學校講師。

一九二一年　四十歲

一月，作小說《故鄉》。
二、三月，重校《稽康集》。
十二月四日，所作小說《阿Q正傳》在北京《晨報副刊》開始連載，至次年二月二日載畢。

一九二二年　四十一歲

二月，發表雜文〈估《學衡》〉，再校《稽康集》。
五月，譯成愛羅先珂的童話劇《桃色的雲》，次年由上海商務印書館出版；與周建人、周作人合譯的《現代小說譯叢》，由上海商務印書館出版。
六月，作小說《白光》、《端午節》。
十一月，作歷史小說《不周山》（後改名《補天》）。
十二月，編成小說集《吶喊》，並作〈自序〉，次年由北京新潮社出版。

一九二三年　四十二歲

六月，與周作人合譯的《現代日本小說集》由上海商務印書館出版。
七月，與周作人關係破裂；八月二日租屋另住。

九月十七日開始，在北京世界語專門學校講授中國小說史，至一九二五年三月結束。
十二月，《中國小說史略》上冊由北京新潮社出版。
十二月二十六日，在北京女子師範大學講演，題為〈娜拉走後怎樣〉。
本年秋季起，除在北大、北師大兼任講師外，又兼任北京女子高等師範學校講師。

一九二四年　四十三歲

一月十七日，在北京師範大學作題為〈未有天才之前〉的講演。
二月作小說《祝福》、《在酒樓上》、《幸福的家庭》。
三月，作小說《肥皂》。
六月，《中國小說史略》下冊由北京新潮社出版。該書次年九月合成一冊由北京北新書局出版。
七月，應西北大學與陝西教育廳之邀，赴西安講學，講題為〈中國小說的歷史的變遷〉。
八月十二日返京。
九月開始寫〈秋夜〉等散文詩，後結集為散文詩集《野草》。
十月，譯畢日本廚川白村的《苦悶的象徵》。本年十二月由北京新潮社出版。
十一月十七日，《語絲》周刊創刊，魯迅為發起人與主要撰稿人之一。創刊號上刊出魯迅的雜文《論雷峰塔的倒掉》。

一九二五年　四十四歲

從一月十五日起，以〈忽然想到〉為總題，陸續作雜文十一篇，至六月十八日畢。
二月二十八日，作小說《長明燈》。
三月十八日，作小說《示眾》。

三月二十一日，作散文〈戰士與蒼蠅〉，對誣蔑孫中山先生的無恥之徒作了猛烈的抨擊。魯迅後來在《集外集拾遺．這是這麼一個意思》中談到這篇散文時說：「所謂戰士者，是指中山先生和民國元年前後殉國而反受奴才們譏笑糟蹋的先烈；蒼蠅則當然是指奴才們。」
五月一日，作小說《高老夫子》。
五月十二日，出席北京女子師範大學學生自治會召開的師生聯席會議，支持學生反對封建家長式統治的正義鬥爭。
八月十四日，被段祺瑞政府教育總長章士釗非法免除教育部僉事職。八月二十二日，魯迅向平政院投交控告章士釗的訴狀。次年一月十七日，魯迅勝訴，原免職之處分撤銷。
十月，作小說《孤獨者》、《傷逝》。
十一月，作小說《弟兄》、《離婚》。
十一月三日，編定一九二四年以前所作之雜文，書名《熱風》，本月由北京北新書局出版。
十二月，所譯日本廚川白村的文藝論集《出了象牙之塔》由北京未名社出版。
十二月二十九日，作論文〈論「費厄潑賴」應該緩行〉。
十二月三十一日，編定雜文集《華蓋集》，並作〈題記〉，次年六月由北京北新書局出版。

一九二六年　四十五歲

二月二十一日，開始寫作回憶散文〈狗．貓．鼠〉等，後結集為回憶散文集《朝花夕拾》，一九二八年九月由北京未名社出版。
三月十日，作《孫中山先生逝世後一周年》，頌揚孫中山先生的革命精神。
三月十八日，段祺瑞政府槍殺愛國請願學生的「三一八慘案」發生。為聲援愛國學生，揭露軍閥政府的暴行，魯迅陸續寫作了〈無花的薔薇之二〉、〈死地〉、〈紀念劉和珍君〉等雜文、散文多篇。因遭北洋軍閥政府通緝，曾被迫離寓至山本醫院、德國醫院等處避難十餘日。

八月一日，編《小說舊聞鈔》，作序言，當月由北京北新書局出版。

八月二十六日，應廈門大學邀請，赴任該校國文系教授兼國學研究院教授，啟程離北京。許廣平同車離京，赴廣州。

八月，小說集《徬徨》由北京北新書局出版。

九月四日，抵廈門大學。

十月十四日，編定雜文集《華蓋集續編》，並作〈小引〉，次年由北京北新書局出版。

十月三十日，編定論文與雜文合集《墳》，並作〈題記〉，次年三月由北京未名社出版。

十二月，因不滿於廈門大學的腐敗，決定接受中山大學的聘請，辭去廈門大學的職務。

十二月三十日，作歷史小說《奔月》。

一九二七年　四十六歲

一月十六日離廈門，十九日到廣州中山大學，出任該校文學系主任兼教務主任。

二月十八日，應邀赴香港講演，講題為〈無聲的中國〉和〈老調子已經唱完〉，二十日回廣州。

四月八日，在黃埔軍官學校講演，題為〈革命時代的文學〉。

四月十五日，為營救被捕的進步學生，參加中山大學系主任會議，無效，於二十九日提出辭職。

四月二十六日，編散文詩集《野草》成，作〈題辭〉。七月，該書由北京北新書局出版。

七月二十三日，應邀在廣州暑期學術講演會上發表題為〈魏晉風度及文章與藥及酒之關係〉的講演。

八月二十二日至二十四日，編《唐宋傳奇集》成，由北京北新書局在本年十二月及次年二月分上下冊出版。
九月二十七日，偕許廣平乘輪船離廣州，十月三日抵達上海，十月八日開始同居生活。
十二月十七日，《語絲》周刊被奉系軍閥封閉，由北京移至上海繼續出版，魯迅任主編，次年十一月辭去主編職。
十二月二十一日，應邀在上海暨南大學演講，題為〈文藝與政治的歧途〉。

一九二八年　四十七歲

二月十一日，譯日本板垣鷹穗的《近代美術思潮論》畢，次年由上海北新書局出版。
二月二十三日，作文藝評論《「醉眼」中的朦朧》。
四月三日，譯日本鶴見佑輔隨筆集《思想．山水．人物》畢，次年五月由上海北新書局出版。
六月二十日，與郁達夫合編的《奔流》月刊創刊。
十月，雜文集《而已集》由上海北新書局出版。

一九二九年　四十八歲

二月十四日，譯日本片上伸的論文《現代新興文學的諸問題》畢，並作〈小引〉，本年四月由上海大江書鋪出版。
四月二十二日，譯蘇聯盧那察爾斯基的論文集《藝術論》畢，並作〈小引〉，本年六月由上海大江書鋪出版。
四月二十六日，作〈《近代世界短篇小說集》小引〉。該書由魯迅、柔石等編譯，分兩冊，先後於本年四月、九月由上海朝花社出版。
五月十三日，離上海北上探親，十五日抵北平。在北平期間，先後應燕京大學、北京大學第二院、北平大學第二師範學院等院校之邀講演。六月三日啟程南返，五日抵滬。
八月十六日，譯蘇聯盧那察爾斯基的論文集《文藝與批評》畢，本年十月由上海水沫書店出版。
九月二十七日，子海嬰出生。
十二月四日，應上海暨南大學之邀，前往講演，題為〈離騷與反離騷〉。

一九三〇年　四十九歲

一月一日，《萌芽月刊》創刊，魯迅為主編人之一。
二月八日，《文藝研究》創刊，魯迅主編，並作〈《文藝研究》例言〉。這個刊物僅出一期。
二月至三月間，先後在中華藝術大學、大夏大學、中國公學分院作演講，共四次，題目分別為〈繪畫漫論〉、〈美術上的現實主義問題〉、〈象牙塔與蝸牛廬〉和〈美的認識〉。
三月二日，中國左翼作家聯盟（簡稱「左聯」）成立，在成立大會上發表〈對於左翼作家聯盟的意見〉的演講，並被選為執行委員。
三月十九日，得知被政府通緝的消息，離寓暫避，至四月十九日。
五月八日，譯完蘇聯普列漢諾夫《藝術論》，並為之作序，本年七月由上海光華書局出版。
八月三十日，譯蘇聯阿·雅各武萊夫小說《十月》成，並作後記，一九三三年二月由上海神州國光社出版。
九月二十五日為魯迅五十壽辰（虛歲）。文藝界人士十七日舉行慶祝會，魯迅出席。
九月二十七日，編德國版畫家梅斐爾德的《士敏士之圖》畫集成，並為之作序。次年二月以三閒書屋名義自費印行。
十一月二十五日，修訂《中國小說史略》畢，並作〈題記〉。修訂本次年七月由上海北新書局出版。

十二月二十六日，譯成蘇聯法捷耶夫的小說《毀滅》，次年九月由上海大江書鋪出版，十月以三閒書屋名義再版。

一九三一年　五十歲

一月二十日，因「左聯」五位青年作家被捕而離寓暫避，二十八日回寓。五位青年作家遇難後，魯迅在「左聯」內部刊物上撰文，並為美國《新群眾》雜誌作〈黑暗中國的文藝界的現狀〉。

四月一日，校閱孫用譯匈牙利裴多菲的長詩〈勇敢的約翰〉畢，並為之作〈校後記〉。

七月二十日，校閱李蘭譯美國馬克·吐溫的小說《夏娃日記》畢，並於九月二十七日為之作〈小引〉。

九月二十一日，就「九一八」事變，發表《答文藝新聞社問》，揭露日本帝國主義的侵略野心。

十二月二十七日，作文藝評論《答北斗雜誌社問》。

一九三二年　五十一歲

一月三十日，因「一二八」戰事，寓所受戰火威脅而離寓暫避，三月十九日返寓。

二月三日，與茅盾、郁達夫等共同簽署《上海文化界告全世界書》，抗議日本帝國主義的侵華暴行。

四月二十四日，雜文集《三閒集》編成，並作序，本年九月由上海北新書局出版。

四月二十六日，雜文集《二心集》編成，並作序，本年十月由上海合眾書店出版。

九月，編集與曹靖華等合譯的蘇聯短篇小說兩冊，一冊名《豎琴》，另一冊名《一天的工作》，各作〈前記〉與〈後記〉，二書均於一九三三年由上海良友圖書公司出版。一九三六年再版時合為一冊，改名為《蘇聯作家二十人集》。
十月十日，作文藝評論《論「第三種人」》。
十月二十五日，作文藝評論《為「連環圖畫」辯護》。
十一月九日，因母病北上探親，十三日抵北平。在北平期間，先後應北京大學第二院、輔仁大學、女子文理學院、北京師範大學與中國大學之邀前往講演，講題分別為〈幫忙文學與幫閒文學〉、〈今春的兩種感想〉、〈革命文學與遵命文學〉、〈再論「第三種人」〉和〈文力與武力〉。三十日返抵上海。
十二月十四日，作〈《自選集》自序〉。《魯迅自選集》於次年三月由上海天馬書店出版。
十二月十六日，編定《兩地書》（魯迅與許廣平的通信集）並作序，次年四月由上海北新書局以「青光書局」名義出版。
十二月，與柳亞子等聯名發表《中國著作家為中蘇復交致蘇聯電》。

一九三三年　五十二歲

一月六日，出席中國民權保障同盟臨時執行委員會會議，被推舉為上海分會執行委員。
二月七、八日，作散文〈為了忘卻的紀念〉。
二月十七日，在宋慶齡寓所參加歡迎英國作家蕭伯納的午餐會。
三月二十二日，作〈英譯本《短篇小說選集》自序〉。
五月十三日，與宋慶齡、楊杏佛等赴上海德國領事館，遞交《為德國法西斯壓迫民權摧殘文化的抗議書》。
五月十六日，作雜文〈天上地下〉。
六月二十六日，作雜文〈華德保粹優劣論〉。
六月二十八日，作雜文〈華德焚書異同論〉。

七月十九日，雜文集《偽自由書》編定，作〈前記〉，三十日作〈後記〉，本年十月由上海北新書局以「青光書局」名義出版。

七月七日，與美國黑人詩人休斯會晤。

八月二十七日，作文藝評論《小品文的危機》。

九月三日，世界反對帝國主義戰爭委員會在上海召開遠東會議，魯迅被推選為主席團名譽主席，但未能出席會議。

十二月二十五日，為葛琴的小說集《總退卻》作序。

十二月三十一日，雜文集《南腔北調集》編定，並作〈題記〉，次年三月由上海聯華書局以「同文書局」名義出版。

一九三四年　五十三歲

一月二十日，為所編蘇聯版畫集《引玉集》作〈後記〉，本年三月以「三閒書屋」名義自費印行。

三月十日，編定雜文集《準風月談》作〈前記〉，十月二十七日作〈後記〉，本年十二月由上海聯華書局以「興中書局」名義出版。

三月二十三日，作《答國際文學社問》。

五月二日，作文藝評論《論「舊形式的採用」》。

六月四日，作雜文〈拾來主義〉。

七月十八日，編定中國木刻選集《木刻紀程》並作〈小引〉，本年八月由鐵木藝術社印行。

八月一日，作散文〈憶劉半農君〉。

八月九日，編《譯文》月刊創刊號，任第一至第三期主編，並作〈《譯文》創刊前記〉。

八月十七至二十日，作論文〈門外文談〉。

八月，作歷史小說《非攻》。
十一月二十一日，為英文月刊作雜文〈中國文壇上的鬼魅〉。
十二月二十日，編定《集外集》，作序言。本書次年五月由群眾圖書公司出版。

一九三五年　五十四歲

一月一日至十二日，譯成蘇聯班台萊夫的兒童小說《錶》，本年七月由上海生活書店出版。
二月十五日，著手翻譯俄國果戈里的小說《死魂靈》第一部，十月六日譯畢，本年十一月由上海文化生活出版社出版。
二月二十日，《中國新文學大系．小說二集》編選畢，並為之作序。本年七月由上海良友圖書印刷公司出版。
三月二十八日，作〈田軍作《八月的鄉村》序〉。
四月二十九日，為日本改造社用日文寫《在現代中國的孔夫子》。
六月十日起陸續作以〈題未定草〉為總題的雜文，至十二月十九日止，共八篇。
八月八日，為所譯高爾基《俄羅斯的童話》作〈小引〉，該書十月由上海文化出版社出版。
十一月十四日，作〈蕭紅作《生死場》序〉。
十一月二十九日，作歷史小說《理水》畢。
十二月二日，作文藝評論《雜談小品文》。
十二月，作歷史小說《采薇》、《出關》、《起死》；與前作《補天》、《奔月》、《鑄劍》、《理水》、《非攻》一起彙編成《故事新編》，本月二十六日作序，次年一月由上海文化生活出版社出版。
十二月三十日，作《且介亭雜文》序及附記，十二月三十一日，作《且介亭雜文二集》序及後記；本月還曾著手編《集外集拾遺》，因病中止。

一九三六年　五十五歲

一月二十八日，《凱綏．珂勒惠支版畫選集》編定，並作〈序目〉，本年五月自費以三閒書屋名義印行。
二月二十三日，為日本改造社用日文寫《我要騙人》。
三月二日，肺病轉重，量體重，僅三十七公斤。
三月下旬，扶病作〈《海上述林》上卷序言〉，四月底，作〈《海上迷林》下卷序言〉。該書署「諸夏懷霜社教印」，上卷於本年五月出版，下卷於本年十月出版。
四月十六日，作雜文《三月的租界》。
六月九日，作《答托洛斯基派的信》。
八月三日至五日，作《答徐懋庸並關於抗日統一戰線問題》。
九月五日，作散文〈死〉。
十月八日，往青年會參觀第二次全國木刻流動展覽會，並與青年木刻藝術家座談。
十月九日，作散文〈關於太炎先生二三事〉。
十月十七日，執筆寫作一生中最後的一篇作品《因太炎先生而想起的二三事》，未完篇輟筆。
十月十九日晨三時半，病勢劇變，延至五時二十五分病逝於上海。

魯迅雜文精選：7

偽自由書【經典新版】

作者：魯迅
發行人：陳曉林
出版所：風雲時代出版股份有限公司
地址：10576台北市民生東路五段178號7樓之3
電話：(02) 2756-0949
傳真：(02) 2765-3799
執行主編：朱墨菲
美術設計：吳宗潔
行銷企劃：林安莉
業務總監：張瑋鳳

初版日期：2022年2月
ISBN：978-626-7025-32-1

風雲書網：http://www.eastbooks.com.tw
官方部落格：http://eastbooks.pixnet.net/blog
Facebook：http://www.facebook.com/h7560949
E-mail：h7560949@ms15.hinet.net
劃撥帳號：12043291
戶名：風雲時代出版股份有限公司

風雲發行所：33373桃園市龜山區公西村2鄰復興街304巷96號
電話：(03) 318-1378
傳真：(03) 318-1378
法律顧問：永然法律事務所 李永然律師
北辰著作權事務所 蕭雄淋律師

行政院新聞局局版台業字第3595號 營利事業統一編號22759935

定價：280元

國家圖書館出版品預行編目資料

偽自由書 / 魯迅著. -- 初版. -- 臺北市：風雲時代出版股份有限公司, 2022.01
面；　公分. -- (魯迅雜文精選；7)

ISBN 978-626-7025-32-1 (平裝)

848.4　　110018875